薬は毒ほど効かぬ
薬剤師・毒島花織の名推理

塔山 郁

宝島社
文庫

宝島社

薬は毒ほど効かぬ　薬剤師・毒島花織の名推理

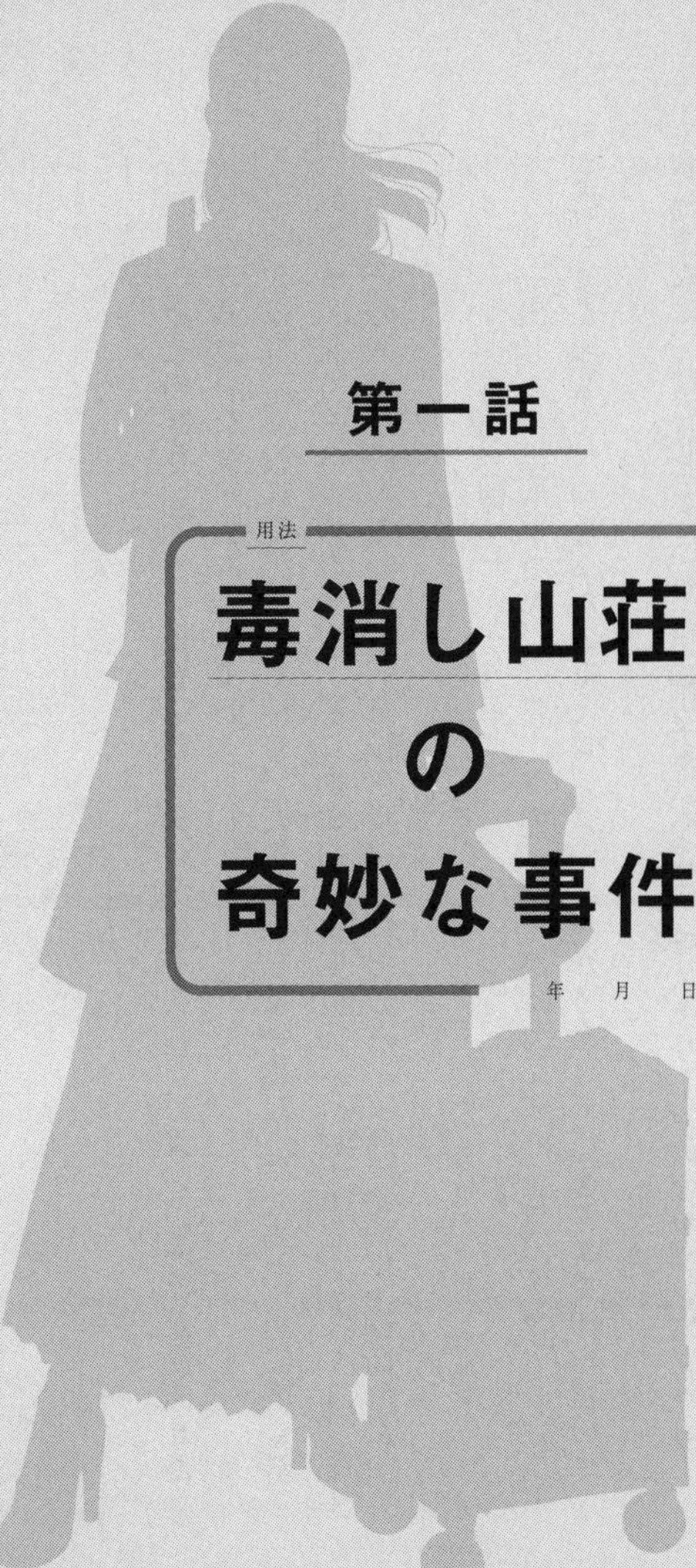

第一話

用法

毒消し山荘の奇妙な事件

年　月　日

1

険しい山道をのぼり切ると、視界を遮っていた林が切れて、青い山並みが見渡せた。

吹きぬける乾いた風が肌に心地よい。

水尾《みずお》爽太《そうた》は首筋に流れる汗をぬぐって、大きく息を吸い込んだ。なだらかに続く斜面の向こうに続くススキの群生が、風にあおられ海鳴りのようにざわめいている。足を止めてその光景を眺めていると、背後を歩いていた二人——刑部《おさかべ》さんと毒島《ぶすじま》さんが追いついてきた。

「わあっ、いい景色ですね」

そう声を出したのは刑部さんだ。フードのついたパーカーにハーフパンツとレギンスを合わせた服装で、ゆるふわのセミロングの髪をかきあげて、タオルで汗を拭いている。

毒島さんは、ひさしのついた紺の帽子をかぶり、モスグリーンのブルゾンにスキニーパンツという格好だ。

「綺麗《きれい》ですね」

日射《ひざ》しを遮るように手で帽子のひさしを直し、眼下に広がる一面のススキを眺めている。

「もう少し歩くと、休憩するのにいい場所があるみたいです」

宿でもらった手書きの地図を見ながら爽太は言った。

「そこまで行ってお昼にしましょうか」

毒島さんは同意したが、刑部さんは不満そうだった。

「お腹が減って我慢できないです。その前にどこかで休める場所がないですか」

「地図で見る限りお昼を取れそうな場所はないですね。このあたりも座れるところはないようですし」

爽太はあたりを見まわしながら言う。右手は深い藪《やぶ》で、反対側は崖になっている。

「ここでお昼を食べられたら最高なのに。それに写真を撮れないのが残念ですね」

刑部さんは悔しそうに肩をゆすって、弁当が入っているナップザックを背負い直した。

毒島花織《かおり》と刑部夢乃《ゆめの》は、神楽坂《かぐらざか》にあるどうめき薬局に勤める薬剤師だ。ホテル・ミネルヴァのフロントマンである水尾爽太は、どうめき薬局に処方箋を持っていったことをきっかけに彼女たちと親しくなった。

どうめき薬局にはもう一人、方波見《かたばみ》涼子《りょうこ》という管理薬剤師がいて、本来はその三人で二泊三日の旅行をすることになっていた。しかし直前になって方波見さんの都合が悪くなり、その穴埋めとして爽太に声がかかったのだ。

どうめき薬局が入居しているビルの電気設備に不備があり、工事のために日曜日から三連休すると決まったのが一ヶ月前だった。その機会を利用して三人で旅行に行きませんか、と提案したのが刑部さんだ。毒島さんと方波見さんも同意した。感染症対策で遠出できない日が続いていたことに加えて、刑部さんが見つけてきた宿に二人が強い興味をもったのだ。

刑部さんが見つけたのは、伊豆《いず》山中にある、デジタル・デトックスとリラクゼーション体験が売りのエコロジカルな宿だった。スマホやタブレット、ゲーム機は持ち込み禁止で、電子機器を遠ざけることで電磁波やストレスから心身を守り、自分を見つめ直す時間がもてるというのが謳《うた》い文句になっていた。

「最近、家に籠《こも》ってスマホばかり見る癖がついちゃって、自分でもまずいなって思っていたんです。それで色々と調べたら、SNSで偶然その宿を見つけたんですよ。でも一人で行くのはちょっと怖いじゃないですか。そんなときに連休の話が出たので、みんなを誘ってみようと思ったんです」

その宿を予約した経緯を、刑部さんはそういう風に説明した。

「面白そうですね。でも三日もスマホなしで過ごせるかな」

爽太が不安げに言うと、刑部さんはおかしそうに笑った。

「そういう考え方がもうダメですね。私と同じで、スマホ依存症の一歩手前です。時間の過ごし方はいくらでもありますよ。本を読んだり、音楽を聴いたり、ボードゲームやトランプみたいなアナログな遊びをしたり。アロマテラピーとヨガを組み合わせたリラクゼーション体験もできるし、近くにはハイキングコースもあるそうです」

菜園での農業体験や、窯を使ったピザやパン作りもできるし、夜は焚火《たきび》を囲んでお酒を飲む集いもあるそうだ。デジタル・デトックスに加えて、人が多く、常に時間に追われる都会暮らしで心に溜《た》まったストレスの毒消《デトックス》し効果にもなるらしい。知る人ぞ知る穴場の宿で、SNSでは〈毒消《どくけ》し山荘《さんそう》〉と呼ばれているそうだ。

「しかも医療従事者は宿代が二割引きなんです。新型コロナの感染拡大で疲弊した身体《からだ》と心を休めてほしいという心遣いらしいです」

グループに一人医療従事者がいれば割引は全員に適用されるそうだ。

「いいですね」

デジタル・デトックスの宿泊プランを、SNSで予約するというのも皮肉な話だけれど、それについては触れないでおく。

方波見さんも乗り気になっていたが、直前になって旦那《だんな》さんが体調を崩したそうだ。旦那さんはかつて癌《がん》を患《わずら》ったこともあり、もしものことを考えるとすぐに連絡のつかない旅行には行きづらい。それで参加を取りやめた。しかしすでにキャンセル料がかかる時期になっていた。それで、代わりに爽太に声をかけたらどうだろう、ということになったのだ。

「方波見さんが言ったんですよ。毒島さんが行くなら、きっと行くと返事をするだろうって」

爽太が毒島さんにひそかに想いを寄せていることは、刑部さんのみならず方波見さんも知っている。それを見越しての発言のようだった。

「だけど三人で一緒の部屋というわけにはいかないですよね。これから変更はできるんですか」

「それは大丈夫です。もともと一人一部屋の宿なんです」

すべてシングルタイプで、家族やカップルでも泊まる部屋は別々らしい。

「デジタル機器のみならず、普段慣れ切った人間関係とも距離を置いて、自分自身をリセットするという目的もあるそうです」

「それなら問題ないですね」

爽太はスマートフォンに記録してあるシフト表のコピーを見て、先輩の馬場《ばば》さんにシフトを交代してもらえば旅行に行けそうだと考えた。


十月半ばの日曜日。

昼過ぎに爽太たちは、宿の最寄りである伊豆山中の駅に到着した。

ロータリーには日焼けした体格のいい中年男性が待っていた。スマホやタブレット、スマートウォッチなどの電子機器を彼に預けて、停《と》めてあったマイクロバスに乗り込んだ。

年季の入ったマイクロバスで、あちこち塗装が剝《は》がれて、斜めになっているバンパーはガムテープで補修してある。

中に客は六人いた。キャップを目深にかぶって、こそこそと話をしているロン毛と茶髪の若い男性の二人組。還暦くらいのふくよかな女性と、三十代らしき女性の二人連れは顔立ちからするに母娘《おやこ》だろう。どこか疲れた感じのする眼鏡をかけた中年男性と、サングラスをかけた強面《こわもて》風の男性は、それぞれ一人で来たようで、二人掛けの座席に一人ずつ座っている。

爽太たちが最後尾の席に並んで腰をおろすと、ほどなくしてバスは出発した。

駅のロータリーを出て、民家が立ち並んだ通りを抜けると、道路はそのまま山道に続いていた。勾配の急な坂をのぼり、張り出した木の枝にミラーをぶつけながら、バスはくねくねした山道をのぼっていく。サスペンションがへたっているのか、車体が揺れるたびに大きく体が上下する。ずっと乗っていると車酔いになりそうだ。

三十分かけてバスはようやく目的地に着いた。

山の中腹の開けた場所に、三角に尖《とが》った屋根の、ロッジ風の三階建ての山荘が立っている。隣には小ぶりな二階建ての建物があって、様々な野菜やハーブを植えた畑が周囲に広がっていた。

玄関の前はバスを転回できるような広場になっている。荷物を持ってバスを降りると、ざっくりした麻のワンピースを着たショートカットの中年女性が出迎えてくれた。瘦《や》せて化粧気はなく、運転手の男性と同じく、よく日に焼けている。

「遠いところお疲れ様。お尻が痛くなったでしょう。ごめんなさいね。ウチの旦那、運転が乱暴で」

にこにこしながら挨拶をして、中に案内してくれた。

エントランスから山荘内に入ると間仕切りのない大きな広間になっている。ダイニングとリビングとレクリエーションルームが一緒になったような広さで、十人以上が一度に食事をとれそうな大きなダイニングテーブルが片側にあり、もう片側には様々な形のソファやベンチシート、ロッキングチェアが置いてある。

「どうぞ、そちらにお座りください。ソファでもロッキングチェアでもご自由に。あなた方は三人組？　だったらそこのソファに座るといいわ」

女性に奨《すす》められるまま、爽太たちは中央に置かれた、布張りのゆったりしたソファに座った。毒島さん、刑部さん、爽太という順番だ。

ロン毛と茶髪は壁際のベンチシート、母娘連れはその横にある二人掛けのソファに並んで腰かけている。眼鏡の男性は窓際の一人用のソファ、サングラスの男性は毒島さんの斜め後ろに置かれたロッキングチェアに腰をおろした。

「それではみなさま……本日は遠路はるばる当館にお越しくださり、誠にありがとうございます。私はこの宿の主人の蕪木忍《かぶらぎしのぶ》といいます。バスを運転してきたのが夫の康《やす》夫《お》で、二人でこの山荘を経営しています」

ショートカットの女性が挨拶をはじめた。年齢は四十代半ばというところ。康夫と対照的に表情が豊かで話も上手そうだった。

「そこにいるのが、お手伝いをしてくれる咲良《さくら》さん。アロマテラピーやヨガにくわしくて、リラクゼーション体験のインストラクターをしてくれます」

忍は、髪に銀のメッシュを入れた女性スタッフを紹介した。忍と同じく快活そうな雰囲気の女性だ。ただし日焼けはしていない。メイクもきちんとしていて、街に普通にいそうな雰囲気だ。年は爽太と同じか、少し下くらいか。笑顔が印象的で、トレイを持って客の間をまわり、マグカップに入った飲み物を渡している。

「まずはチェックインをお願いします。宿泊カードとペンを配りますので、住所、年齢、電話番号、勤務先など必要事項を記入してください。その後で宿泊に関する案内とお願いを申し上げます」

忍の言葉に促されるように、康夫がカードとペンを配って歩く。バスに乗る際にも思ったが、表情にも態度にも愛想というものがまったくない。忍と夫婦ということだが、どうにも対照的な夫婦だった。

「どうぞ。自家製のカモミールを使ったハーブティーです」

爽太たちの前にトレイをもった咲良がやって来た。

「ありがとうございます」と刑部さんが手を伸ばす。

「いい匂いですね。自家製って、あの畑で作ったものですか」

マグカップを顔に近づけて、刑部さんが微笑《ほほえ》んだ。南向きの大きな窓からは、様々なハーブが風に葉を揺らす様が見える。

「そうです。今年は猛暑で生育状態がとてもいいんですよ」

「カモミールの香りは好きです。嗅ぐと落ち着いた気分になります」

続いてマグカップを受け取った毒島さんも微笑みながら感想を口にする。

「カモミールは古代のエジプトやギリシャ、ローマで重要な薬草とされていて、現代でも不眠や不安、胃のむかつきなどに効果があるとされているんですよ。あっ、でもこんなことは薬剤師さんには釈迦《しゃか》に説法ですね」

咲良は恥ずかしそうに舌を出した。

どうしてそれを、と思ったが、割引のため予約の際に医療従事者であることを伝えているのだと気がついた。

「ハーブやアロマについてはよく知りません。色々と教えてもらえるとありがたいです」

毒島さんが真面目《まじめ》な口調で言葉を返した。社交辞令ではなく、本気で言っているようだ。

「とんでもない。薬剤師さんに教えるような知識はないですよ」

咲良は慌てたように手を振りながら、

「でも、匂いに関して、面白い知識はありますよ。人間の感覚に五感ってありますよね」と言い、視覚、聴覚、嗅覚、味覚、触覚と指を折りながら、

「その中でも嗅覚は特別で、脳にダイレクトに伝わるそうですよ。匂いを嗅いで、過去の出来事や感情が蘇《よみがえ》った経験はないですか。プルースト効果と呼ばれる現象で、人間の脳と嗅覚の仕組みが関係しているらしいです」

「そういえば香水の匂いを嗅いで、昔の恋人を思い出すって歌が流行《はや》ってますね」

刑部さんが言うと、

「そういうことです」と咲良は嬉《うれ》しそうに頷《うなず》いた。

「そういったことに興味があるなら、明日のリラクゼーション体験に参加してみてください。五感を刺激して、心身ともに究極の癒やしを提供します。その時に今の話も

もっとくわしくしますから」

最後に爽太にマグカップを渡すと、「では失礼します」と頭を下げてその場を離れていった。

「リラクゼーション体験か。面白そうですね。毒島さん、一緒に行きましょうよ」と刑部さんが誘っている。

「そうですね。やってみましょうか」

宿泊カードを書きながら、二人は明日の予定について相談している。先に書き終えた爽太はペンを置いて、ぐるりと首を巡らせた。

天井が高く、視界を遮る壁のない空間は開放感があって居心地がよい。

窓と反対の壁には造り付けの大きな棚があり、小説、紀行文、専門書、図鑑、写真集など様々な内容の書籍が並んでいる。有名な文学作品や、子供向けの絵本に交じって、『苦労しないで金儲《もう》けをする方法』『これから稼げるニッチな業界』などという題名があるのがご愛嬌《あいきょう》だった。

書籍以外にも、ボードゲームの箱やトランプ、オセロ、花札、碁盤、将棋盤、木製の立体パズルや知恵の輪が入った箱がそこにはいくつも並んでいる。

棚の上の壁にはダーツ盤が取りつけてある。しかし隣にシカの頭蓋骨の壁掛けが並んでいるのは妙だった。あらためて見渡すと、どうしてこれが、と思うようなものもある。イノシシやシカ、キジの剝製《はくせい》、年代物のジュークボックスやカラオケの機械、作業用のテーブル、そこに並んだ雑多な工具。爽太が物珍しげに眺めていると、

「それは前の持ち主が残していった物なのよ」と宿泊カードを回収しに来た忍が説明してくれた。

この山荘は、もともと地元の不動産会社が社員の保養所兼研修所として建てたものらしい。景気がよかった八〇年代、この場所を中心に山林を切り開いて別荘地を開発する計画を立てたのだ。しかしその後に景気が落ち込み、バブル経済の崩壊によって不動産会社は倒産した。建物は売りに出され、企業の研修所やペンション、個人の別荘などに使われた後、二年前に蕪木夫妻が手に入れたそうだ。

「前の持ち主は、地元で会社を経営していた老齢のご夫婦だったみたい。会社を手放した後、ここで自給自足の生活をはじめたみたいなの。でも病気を患い、ここでの暮らしを続けるのが難しくなって、それで売りに出したらしいのよ」

人里離れた場所にあり、建物も傷《いた》んでいたことから、捨て値とも言える金額で購入できたそうだ。

「リフォームは自分たちでやったんだけど、こんな場所だから粗大ゴミを回収してもらうのも大変でね」

それでそのまま置いてあるそうだ。

「こういうミスマッチも面白いと思ったのよ」

「そういうことですか」

　爽太は頷きながら視線を上に動かした。天井に近い位置に神棚がある。変わっているのは注連縄《しめなわ》が通常よりも太く長いことだった。遠目には白いヘビが神棚の上でとぐろを巻いているように見える。そのせいで宮形も神具もここからは見えない。

「あれもそうですか」

「そうよ。造りがしっかりしているだけに取り外すのも大変だし、取り外したとしても処分に困るし」

　たしかに神棚を粗大ごみ扱いするのは気が引けるだろう。

「あの、そっちのカラオケって使えないんですか。古いタイプのアナログの機械だから、使ってもいいのかと思ったんですが」

　眼鏡の男が機械を指さしながら訊ねる。

「電気を使う機械類は原則使用禁止。歌を歌いたいならアカペラでどうぞ。こんな山の中だからどんなに下手でもクレームは来ないわよ」忍は冗談めかして返事をした。

　控えめな笑い声が起こって、その場の空気が少しほぐれた。

　ふと顔をあげると、ロッキングチェアに座った強面風の男が、毒島さんの宿泊カードに視線を送っているのに気がついた。男の顔は、ソファに座った毒島さんより高い位置にあり、俯《うつむ》いて、目線を動かすだけで毒島さんの宿泊カードを覗《のぞ》くことができるのだ。

　バスの中でつけていたサングラスを今は外しているため視線の動きが爽太にわかった。一秒か二秒のことだったが、それだけあれば住所や電話番号、勤務先を確認することはできるだろう。

　爽太が見ていることに気がついたのか、男はすぐに視線を元に戻した。文句を言おうかと思ったが、男が盗み見たとは断言できない。偶然目に入っただけだと申し開きされたら、それ以上は追及できない。

　毒島さんにはあの男に注意するよう後で伝えておこう。そう考えて、その場で文句を言うのはあきらめた。

「それでは、あらためて」

　全員の宿泊カードを回収した忍が、前に立って話をはじめた。

「本日は、当山荘にお越しいただき、誠にありがとうございます。デジタル・デトックスというと大袈裟《おおげさ》に聞こえますが、要はスマホやタブレットから距離を置いて、本来の人間の身体に合った時間の過ごし方をしようということです。都会暮らしで溜まった毒を抜いて、身体と精神を正常な状態に戻すこと。そのための時間と場所を提供することがこの山荘の存在意義だと、僭越《せんえつ》ながら私は思っているのです。ここにはＩ

T機器のみならず電話やテレビもありません。電気こそ通っていますが、水道はないので裏山から湧水を引いて生活水に使用しています。滞在にあたってはご不便をおかけすることもあると思いますが、皆様にはぜひその不便を楽しんで、退屈を堪能《たんのう》していただきたいと思います。ここでは時間に追われることはありません。決まっていることは食事の時間だけ。それ以外については自由に過ごしていただいて結構です。山荘内の備品も電気を使用する物以外は、ご自由に使っていただいて構いません」

棚に並んだゲームやパズルを指さして、他に卓球台や麻雀《マージャン》セットの用意があることも忍は口にした。

「山荘の周囲には手軽なハイキングコースもありますし、五感を刺激するリラクゼーション体験も開催します。興味のある方はぜひ参加してください」

忍が話している間も、咲良はポットをもってハーブティーのお代わりを注いでまわっている。

「お代わりはいかがですか」とそっと刑部さんの前に立つ。

「お願いします」と刑部さんは手にしたマグカップを咲良に渡した。

「よかったらハーブオイルを入れましょうか。植物から作られた天然由来のオイルで、リラックス効果がありますよ」

「わあ、いいですね」

刑部さんが頷くと、咲良はガラス瓶を取り出して、お代わりを注いだマグカップに中のオイルを数滴垂らした。

「いかがですか」毒島さんにも小声で訊《たず》ねる。

毒島さんは何かを言った。よく聞き取れなかったが、オイルの成分を訊《き》いたようだ。

「ヘンプの植物の種子《たね》を搾《しぼ》ったヘンプシードオイルです。ヘンプは必須脂肪酸を多く含んで、スーパーフードとも言われている植物です」

その名前ははじめて聞いた。植物から得られる成分に体にいいものが多いことは知っている。前に宇月《うづき》という薬剤師に教えてもらったのだ。宇月は毒島さんの知り合いで、漢方薬にくわしかった。

「では少しだけ」

毒島さんがそう答えると、咲良はマグカップにお代わりを注いで、オイルを垂らした。

「あなたはどうしますか」

咲良に訊かれて、毒島さんをちらっと見る。息を吹きかけながらマグカップに口をつけている。

「お願いします」

オイルを垂らしてもらったハーブティーに口をつける。油脂のねっとりした感覚が少しだけ口の中に広がった。しかし風味や味に大きな変化はない。

「リラックスして、ゆっくりと時間をお過ごしくださいね」

咲良は微笑んで、他の客のもとへ行く。

その後で、部屋の鍵《かぎ》が配られた。客室は二階と三階にあるが、今日到着した九人はすべて二階の部屋だという説明だった。昨日以前から泊まっている客が三階にいるらしい。

上階へあがるための階段は正面玄関のすぐ横にあった。

二階にあがると、右手が洗面所で、左手に長い廊下が伸びていた。

廊下の片側に等間隔で部屋のドアが並んでいる。爽太が受け取った鍵には7という番号がふられていた。7号室ということらしい。刑部さんが8号室で、毒島さんが9号室だ。

階段に近い部屋のドアには1という番号がついていたから、三人の部屋は廊下の奥ということだ。

ぞろぞろと廊下を歩くと、突き当たりの壁にも神棚があるのに気がついた。広間の物と同様で注連縄がヘビのようにとぐろを巻いている。ひとつの建物に複数あってもいいのかな。そんな疑問が頭をよぎったが正しい答えはわからない。普段であればスマートフォンで調べるところだが、生憎《あいにく》今は手元にない。

首をかしげながら部屋に入る。シングルベッドと机、椅子があるだけの簡素なしつらえになっていた。窓は南向きで、広間の上に位置しているために、手入れされた畑や、敷地を囲む森、車まわしから林の中に続く道が見渡せる。一見すると居心地がよさそうだったが、あらためて見るとすべてが合格点というわけではない。

窓ガラスには大きなひびが入っていて、間に合わせにテープを貼りつけてあった。カーテンにはあちこちに染みがあり、窓の桟《さん》や壁のへりには埃《ほこり》がたまっている。埃の中には腹を上にした虫の死骸が混じっている。建物もかなり古くなっているようで、部屋に行くために階段や廊下を歩いただけでぎしぎしと音がした。建付けが歪《ゆが》んでいるのか、ドアと床との間には隙間《すきま》ができている。蕪木夫婦と咲良の三人でやっているなら仕方のないことかもしれないが、なんとなく先を危ぶむような気持ちになってくる。

「大丈夫かな」

窓の外を見ながら、爽太は思わずつぶやいた。

2

夕食のテーブルには、採れたての野菜やハーブ、渓流で釣った川魚、猟師から買いつけたというジビエ料理がずらりと並んだ。

手の込んだ料理はなかったが、どれも都会では味わえない新鮮な味がした。

夕食の席には初めて見る顔があった。白髪まじりの髪をひっつめにした雰囲気の暗い女性と、セミロングの髪を金髪に染めた中年女性だ。昨日から泊まっているのだろう。忍や咲良と挨拶を交わして食事の席につく。

食事を終えると広間のソファに移動して雑談をした。

その後、バスで一緒だった遠藤《えんどう》という母娘連れに声をかけられて、一緒にモノポリーをした。二人はこの宿の評判を聞いて、わざわざ名古屋《なごや》から来たそうだ。

午後八時を過ぎて、焚火の用意ができた、と康夫が告げに来た。

広間にいた全員がぞろぞろと外に出る。玄関前の広場に、煉瓦《れんが》の焚火台が組まれて、それを囲むように丸太やビールケースのベンチができていた。

昼間は降りそそぐ日射しの暖かさを感じたが、夜ともなると上着を着ても寒さを感じるほどに外気は冷たくなっていた。それでも車座になって、焚火台の中で真っ赤な炎が揺れている様を眺めていると、寒さも忘れてゆったりした気持ちになってきた。焚火の明かり以外は漆黒の暗闇に包まれて、森からは虫の声が幾重にも聞こえた。

ベンチの横にはテーブルが置かれて、ワインやビール、ウイスキー、ウーロン茶、炭酸水などの飲み物が用意されている。忍の音頭で乾杯をしたが、知らない者同士の遠慮した気持ちもあって、会話はあまり盛り上がらない。

すると忍が立ち上がって、

「もっと砕けた雰囲気で過ごしてほしいんですが、みなさん、まだまだ他人行儀でよそよそしいですね。それでは私がこの山荘をはじめるに至った経緯を話しましょうか」と客の顔を見渡した。

こういうことには手慣れているようで話しぶりには淀《よど》みがなかった。

それによると彼女の出身は沖縄の離島で、高校卒業後に東京で就職したが、都会で暮らすことのストレスに耐え切れず、三年で退職、その後はバックパッカーとして世界各地を放浪し、現地で様々な仕事をしたそうだ。

三十歳を過ぎて、帰国した後は日本各地をまわって、集団生活をしているエコロジカルなグループに参加して、そこで出会った康夫と意気投合して結婚。その後、高齢になった両親が相次いで倒れたことで、生まれ故郷の島に戻った。

数年の介護生活の後、両親が相次いで亡くなり、その遺産を元手に地元で観光ガイドや宿泊施設の運営をはじめたところ、それが当たって忙しくなった。しかし金儲けを目的にした仕事や生活が性に合わず、もっと他に面白いことはないかと探していたところ、この山荘が売りに出ていたことを知ったという。

「最低限の自給自足の生活をするための設備は揃《そろ》っていたから、部屋の内装に手を加えれば、宿泊所としてやっていけそうだと判断して周囲の山林ごと購入したのよ。でもこんな辺鄙《へんぴ》な場所にある宿でしょう。部屋もすべて一人仕様だし、はじめはお客さんが来なくて本当に大変だったわ」

一ヶ月、客が来なかった時期もあったそうだ。

「エコロジカルな体験ができる宿として、もっと人気が出るかと思ったけど、私たちのやり方がまずかったんでしょうね。クレーム続出で借金ばかりが増えていく状況に陥って」

しかしある時、デジタル・デトックスに関心をもっている人が増えている、という新聞の記事を読んで気がついた。人里離れた場所にあるこの山荘なら、泊まるだけでデジタル・デトックスが体験できるということに。

「もともと携帯の電波が入りづらい地域で、泊まった方からのクレームも多かったんです。それで開き直って携帯電話が通じない宿と宣伝をしたところ、予約がぽつぽつ入るようになって、それならとデジタル機器持ち込み禁止の宿にしたわけです」

そういう流れで段々と客が増えていったということだ。

「リピーターになってくれる方もいて、それでなんとかやっていけるようになりました。それでもただ泊まってもらうだけでは面白くないので、最近はリラクゼーション体験にも力を入れているところなんですよ」

忍は一通り話を終えた後、

「明日の午前と午後に一回ずつ行います。彼女はヨガの講師でもあるので、ぜひ一緒に心と身体の健康を整えてくださいね」と呼びかけた。

忍が話している間も、咲良は忙しそうに立ち回っていた。酔いがまわった人に水を渡したり、寒そうにしている人に毛布や使い捨てカイロを配ったりと、休む間もなく動き回っている。しかし康夫の姿はどこにもなかった。焚火の準備を終えた後は、どこか別の場所に行ってしまったようだ。マイクロバスの運転をしていたときもほとんどしゃべらなかったし、裏方の仕事をすることに徹しているのだろう、と爽太は考えた。

忍の話で気持ちがほぐれたのか、それからはみな手近な人とそれぞれ会話をはじめた。

毒島さんと刑部さんは遠藤母娘と話をしている。モノポリーをしているときに、薬剤師だと打ち明けていて、母親が服用している薬の相談に乗っているようだ。

ロン毛と茶髪の二人組は、ひっつめの女性と金髪の女性に声をかけて一緒に飲んでいる。眼鏡の男と強面風の男には、忍が何かを話しかけていた。一人あぶれた爽太が手持ち無沙汰にしていると、

「水尾さんはホテルにお勤めなんですよね」と咲良が話しかけてきた。

仕事が一段落したようでワイングラスを持っている。爽太が座っているベンチの横

に腰かける。

「東京のホテルに勤めている方からすれば、こんな山奥の宿はみすぼらしいですよね。至らないことも多いと思いますが、そのあたりは大目に見てくださいね」

図星をつかれたが、はい、そうですね、とは頷けない。

「そんなことはないです。外で焚火をしながらお酒を飲めるなんて、こんなシチュエーションは滅多に体験できないです。これだけでもここに来た甲斐《かい》がありますよ」と言葉を選んで返事をした。

「そう言ってもらえると嬉しいです。でもこれも楽しみのひとつにすぎないですよ。明日は丸一日かけてデジタル機器のない生活を堪能してくださいね。そうすれば時間の流れに身をまかせて、自然とともに生きていくことが、とても大事だとわかります。心身をリラックスさせることは、人間が生きていくうえでとても大事なことなんですよ。リラックスすればするほど、人間が本来もっている自然治癒力が高くなります。ひいてはそれが感染症対策にも大きな効果を果たします。ずっと緊張ばかりしていたら自律神経失調症になっちゃいますから、リラックスすることの大事さをここで学んでくださいね」

咲良はにこにこしながらはきはきと喋《しゃべ》る。忍に負けず劣らず会話が上手そうだ。

彼女が髪を触るたびにフローラルの匂いが鼻腔《びくう》を刺激した。なんとなくだが距離が近い。爽太は反対側に少しだけ尻を動かした。

「でもホテル・ミネルヴァのミネルヴァって面白い名前ですね。どんな意味があるんですか」

「ローマ神話の女神の名前だそうです」

哲学者のヘーゲルの本に、『ミネルヴァのフクロウは黄昏《たそがれ》に飛び立つ』という言葉があって、そこからつけられたという話を入社直後の研修で聞かされていた。

ミネルヴァとはローマ神話の知恵と戦いの女神アテナのことで、夕暮れになると飼っていたフクロウを町に飛ばして一日の出来事を探らせ、それをもとにみずからの知恵を深めたとされる故事があるそうだ。だから宿泊客が一日の終わりをゆっくりと迎えられるように、という想いを込めてミネルヴァという名前をつけたのだ。

そう説明したが、咲良はさほど興味を惹《ひ》かれなかったようで、爽太の話が終わるや、

「ところでこれを飲み物に入れてみませんか。心身ともに、もっとリラックスできますよ」とポケットからガラスの小瓶を取り出した。

「さっきのヘンプシードオイルですか」

「これはまた別です。あれ以上に健康促進とリラックス効果が期待できる優れ物ですよ」

そう言いながら、咲良は再び爽太ににじりよる。

「試してみませんか」

小瓶の蓋をあけると、裏がスポイトになっていた。それを使って咲良は自分のワイングラスに透明な液体を数滴垂らした。

「匂いに癖があって、嫌がる人もいるんです。無理強いはしませんが、興味があればぜひ試してください」

咲良はワイングラスに口をつけて、誘うような視線を向けてきた。

「どうしようかな」首をひねった。

ヘンプシードオイルは言われたほどの効果は実感できなかった。これもどこまで期待できるかわからない。

「……匂いを嗅いでみませんか？」

咲良は蓋を取った小瓶を爽太の前に差し出した。ヘンプシードオイルよりも脂っぽさが強く、かすかに青臭い匂いがする。

「何のオイルですか」

「試した後のお楽しみということで」

咲良は悪戯《いたずら》っぽい目を向ける。

「……じゃあ、少しだけ」

「はい。どうぞ」

咲良は微笑んで、爽太が飲んでいたビールのグラスにオイルを数滴垂らした。爽太はグラスを軽く揺らして口に運んだ。味や匂いに変化はない。

「今日はよく眠れますよ。朝になれば自然と目が覚めて、体が軽く感じると思います。東京に戻れば、またストレスまみれの生活が待っているわけですから、ここにいる間はたっぷりとリラックスして過ごしてくださいね」

咲良は体を寄せて、耳元で囁《ささや》いた。

「この場所が恋しくなって、また来てくれることを祈ってますよ」と微笑みながら立ち上がる。

「待ってください。このオイルは何というオイルなんですか」

「明日のリラクゼーション体験の時にお教えします。だから絶対に来てくださいね」

そのまま、一人になってぽつんとしている眼鏡の男性の方に歩いていった。

ふと我に返って、あたりを見まわした。毒島さんたちはどうしただろう。刑部さんはまだ遠藤母娘と話をしていたが、毒島さんはそこにいなかった。慌てて探すと、飲み物の瓶が並んだテーブルの横にいる。自分の飲み物を作っているようだが、隣にはあの強面風の男が立っていた。何かを熱心に話しかけているようだ。

宿泊カードを書いた時のことを思い出す。そういえば注意をするのを忘れていた。グラスに残っていたビールを飲み干し、爽太は飲み物のお代わりを取りに行く体《てい》でテーブルに近づいた。

男は有名なアウトドアメーカーのロゴがついたブルゾンを着て、ハイカットのトレッキングシューズを履いていた。ベージュのショールを肩に羽織った毒島さんの隣で、何かを語りかけている。

爽太は空のグラスをテーブルに置いて、ウイスキーのボトルに手を伸ばした。新しいグラスにハイボールを作りながら男の喋りに耳を澄ます。

「いまは大学も六年制だし、国家試験の合格率も七〇％弱だから、薬剤師になるのも大変でしょうね」と男が言っている。

「新卒者の合格率は八〇％を超えています。集中して勉強すればそこまで大変ではないですよ」と毒島さんが答える。

「新卒で合格することが重要ということですか」

「在学中は勉強と実習に追われることになりますから、それを乗り越えることができるかどうかがポイントということです」

「十八歳から二十四歳までの貴重な青春の時間を、ひたすら勉強して過ごすわけですね。やっぱり薬剤師になるのは大変だ」

「個人的には大変という感覚はなかったです。薬の勉強をするのは好きなので」

「それは奇特な方ですね。私はずっと化学が苦手で、高校の化学の授業をよくさぼっていましたよ。特に元素の周期表は大嫌いです。水平リーベ僕の船、七曲がりシップス、クラークか――とか、どうしてあんな呪文みたいな文句を覚えなければならないのか、いまだに不思議でなりません」

そう言って笑ったところで、そばに爽太がいることに気づいたようだ。

「つまらない話をしました。じゃあ、また」と会釈をして離れていった。

思ったよりも紳士的な態度だったことに拍子抜けしながらも、

「化学の話をしていたんですか。元素の周期表は僕も同じく苦手でしたけど」と毒島さんに話しかけた。

「名前は五月女《さおとめ》さんというそうです。少し変わった方ですね」

毒島さんは男の背中《せなか》を目で追いながらつぶやいた。

「変わっているって、どこがですか」

「『薬剤師だとお聞きしましたが、どこの保険調剤薬局にお勤めですか』と訊かれました。私たちが薬剤師ということは、他の方にも話していたので知っていてもおかしくはないですが、その質問の仕方が妙でした」

五月女は宿泊カードを覗き見していた。だから勤め先も知っているはずだ。しかし会話でいきなりそれを口にしたら変だと思われる。だからそれを避けるためにそんな質問をしたのかもしれない。

病院でもドラッグストアでもなく、薬局とピンポイントで訊いてきたことに毒島さんはきっと違和感を覚えたのだろう。

「答えたのですか」

「隠すことでもないですから。それを言うと、変わった名前の薬局ですねと言われて、その後で薬剤師になるためにはどんな勉強をしたらいいかとか、国家試験は難しかったですかと訊かれました」

その途中に爽太が来たようだ。世間話程度の内容だったことに安心したけれど、まだ気は抜けない。もちろん五月女に他意はなく、旅先で出会った女性との会話を楽しんでいるだけの可能性もあるが、それなら爽太が来たとき、急いで話を切り上げる必要はないだろう。

身をひるがえすように去っていく五月女の姿に、自分との会話は望んでいないことを爽太は感じ取っていた。

彼が宿泊カードを盗み見していたことを告げて、もっと注意を払うように言った方がいいだろうか。どうしようかと爽太が思い悩んでいると、

「明日の予定は決まりましたか」と声がした。

忍だった。にこやかに笑って話しかけてきた。

「まだです」

「それならハイキングはどうかしら。マイクロバスで来た道を少し戻ると、森の中に入る山道があるの。周囲の山をぐるりとまわって戻ってくるコース。大人の足で二時間から三時間、アップダウンがあるのでいい汗をかけるわよ。明日は天気もいいようだし、高台から眺める光景は格別よ。それで戻ったら、午後にリラクゼーション体験を受ければいいわ。隣の建物のリラクゼーションルームでやるんだけど、都会では味わえない極上の癒やしを体験できるわよ」

「どうしましょうか」

毒島さんと顔を見合わせる。

「私は別に構いませんが」

「自分もいいですが、刑部さんにも訊いてみましょうか」

一緒に刑部さんと遠藤さんたちがいる席に移動する。そのことを話すと、

「いいですよ」と刑部さんはあっさり同意した。

遠藤母娘は午前中にリラクゼーション体験をして、午後は農作業の手伝いをする予定だそうだ。

「じゃあ、それで決まりね。あとは……あなた……あなたは明日どうするの？」

忍はあたりを見回し、歩いてきた五月女に声をかける。

ハイキングコースの話をすると興味を示したが、それが子供でも歩けるコースと聞

いて、物足りなさそうな顔をした。

「私は山歩きとバードウォッチングが趣味なんです。明日は一人で山の中を歩いてみるつもりです」

「あら、残念。でも油断しないでね。険しい山じゃないけど、コースを外れると藪が深くて見通しが利かないし、いきなり切り立った崖になっている場所もある。イノシシやシカ、サルと出くわすこともあるから、一人で行動するならくれぐれも慎重に。スマートフォンを持っていないことを忘れないでちょうだいね」

忍は真面目な口調で五月女に言った。

「ご忠告ありがとうございます。肝に銘じて行動しますよ」

五月女はにやりと笑って、

「トイレに行ってきます」と山荘に向かった。

爽太も行きたかったが、五月女と一緒になるのは気づまりだ。それでそのまま忍と毒島さんとお喋りを続けて、五月女が戻って来るのを見届けてから山荘に行った。

トイレは山荘一階の奥にある。

誰もいない広間を真っすぐに進み、剝製のシカやイノシシの横を通り抜けて、男子トイレに飛び込んだ。小便器の前に立つと、半分あいた小窓から隣の建物の窓が見えた。ブラインドが下ろされているが、隙間から明かりが漏れて、影がちらちら動いている。

中に人がいるようだ。康夫だろうか。明日のリラクゼーション体験は隣の棟でやると言っていた。その準備をしているのだろうか。

用を足し終えて戻ろうとすると、静寂を打ち破るような甲高い音がした。

外からだ。

何が起きたのかと小窓から外を凝視する。すると向かいの窓のブラインドがめくれるのが見えた。康夫だった。ブラインドの隙間を手で広げて、外の様子を窺《うかが》っている。

異常が見つからなかったのか、すぐにブラインドは戻された。しかしその場にロン毛と茶髪の二人組、さらにひっつめと金髪の女性がいるのが見てとれた。

そういえば四人とも、いつの間にか焚火の会場から姿を消していた。

部屋に戻ったのかと思っていたが、ここにいたのか。もしかしてリラクゼーション体験には夜の部もあるのか。それにしては忍も咲良も何も言ってなかったけれど。

首をひねりながら外に戻る。

そして聞こえた甲高い音のことを、焚火に薪《まき》をくべている咲良に訊いた。

「たぶんシカですね。裏山に獣が水場に行く通り道があるんです」

「そういうことですか。すごい音だったので驚きました」

「私もはじめて聞いたときはびっくりしました。今はもう慣れちゃいましたけど」

音については納得したが、康夫たちが何をしていたかについてはわからなかった。

咲良がここにいるということは、リラクゼーション体験とは別のことだろうか。しかしそれを問うのはためらった。言わないのには、何か理由があると思ったからだ。

焚火は十一時過ぎに終わって、爽太たちは部屋に戻った。

3

翌日の朝食は七時半から九時までとのことだったが、前夜、隣の棟にいた四人は姿を見せなかった。しかし忍に気にした風はない。

他人のことを気にしても仕方ないが、なんとなく釈然としないものを爽太は感じた。

ご飯とみそ汁、スクランブルエッグ、自家製ベーコン、朝採り野菜のサラダ、小皿に入った漬物やナムルという簡素なメニューだったが、どれも美味《おい》しかった。特にピーマンのナムルがシャキシャキして絶品だ。

二人もよく箸《はし》が進んでいるようだが、毒島さんはナムルにだけは手をつけなかった。

それに気づいた刑部さんが、

「食べないんですか。美味しいですよ」と声をかけた。

「実は苦手なんです。ピーマンが」と毒島さんは恥ずかしそうに返事をした。

「そうなんですか。前に〈風花《かざはな》〉でナポリタンを食べていたことがあったと思いますが」爽太は思わず言った。

風花はどうめき薬局のはす向かいにある喫茶店で、何度か毒島さんと食事をしたことがある。その時に毒島さんがナポリタンを頼んだことがあった。

「あれはピーマンを抜いてあったんです」

「でも特に注文をつけずに、普通に頼んでいましたよね」

「最初、ピーマン抜きでお願いしていたんです。それがいつの間にかお店の人に覚えられたようで、そのうちに何も言わないでも、ピーマン抜きで出てくるようになりました」

ピーマンが嫌いというのが、子供みたいで恥ずかしいので黙っていたそうだ。

「そういうわけですので、よろしければどうぞ」

毒島さんはナムルの入った小皿を二人に押し出した。

「私はもうお腹一杯です」

「じゃあ、いただきます」爽太はそれを平らげた。

朝食を終えた後は、広間でコーヒーを飲みながら、本を読んだり、立体パズルをして時間を過ごした。木製の立体パズルは、寄木細工のようにパーツを上下左右にずらして分解したり、組み立てたりするものだ。星形や球体、ウイルスのような形のものなど何種類もあって、爽太と刑部さんは悪戦苦闘したが、毒島さんは手慣れた様子で分解してから、またすぐに組み立て直した。

「すごいですね」

目をまるくすると、

「同じ物が家にあって、子供の頃によく遊んでいました。兄が得意で、さっさとバラバラにしては、組み直すんですよ。負けたくなくて頑張ったことを思い出しました」

毒島さんは懐かしそうに言った。諸葛孔明《しょかつこうめい》が作った孔明パズルと言われるものらしい。

それを見た五月女が、「パズルが得意なんですね」と声をかけてきた。

「五月女さんもやりますか」毒島さんはパズルを差し出した。

「遠慮します。作るのは好きですが、解くのは苦手なので」と五月女は笑いながら手をふった。

作るのが好きとはどういう意味だろう。

しかしその意味を説明する気はないようで、五月女はそのまま部屋に戻ってしまった。

部屋に戻り、ハイキングに出かけるための準備を整えて広間に集まると、手書きの地図と昼食のサンドウィッチを忍から渡された。途中、樹木に文字が書かれた札をつけたチェックポイントが三ヶ所あるそうで、戻ってから、その文字を並び変えた言葉を忍に伝えると賞品がもらえるとのことだった。

降り注ぐ日射しは穏やかで、風もなく、絶好のハイキング日和だった。

出発してすぐは緩やかな登り坂だったが、しばらく歩くと勾配がきつく、細い道になってきた。普段はあまり人が通らないせいか、両側から草や枝が伸びてきて、藪に呑《の》み込まれそうになっている場所もある。

爽太が先頭になって枝葉をかきわけ、険しい道を登り切る。地図で確かめながら先に進むと、ふいに藪が途切れて、視界が広がった。なだらかに続く斜面の向こうにススキの群生地が現れて、遠くに青い山並みが見渡せる。吹きつける風に黄金色のススキの穂がなびいて、聞こえてくる音は海鳴りのようだった。

その先の開けた場所で昼食を取った。チェックポイントを探しながら、帰路につく。『た』と『ら』の二文字はすぐに見つかったが、最後の一文字が見つからない。地図の印と照らし合わせて、ありそうな場所を何度も探し、結んでいる紐が切れかけて、落ちそうになっている札をようやく見つけた。そこには『か』の文字があった。

そんなこともあって山荘の裏手に戻って来たときには予定時刻をかなり過ぎていた。

爽太が先頭になって見通しの悪い下り坂を歩いていると、前の藪が風もないのにガサガサ揺れた。

昨夜のシカの鳴き声を思い出す。シカ、イノシシ、まさかクマか。とっさに身構えた爽太の前に黒い塊が飛び出してきた。野生動物ではなく人間だった。

五月女だ。黒いマウンテンパーカーにチノパンツ、ニットの帽子にバックパックを背負い、半身になってこちらを見ている。

「ああ、きみたちか」と五月女はほっとしたように言った。

「いきなり音がしたからびっくりしたよ。イノシシかと勘違いした」

「それはこっちの台詞《せりふ》ですよ。クマが出たかと思いました」

「このあたりにクマはいないよ。昭和初期以来、伊豆半島でクマの目撃情報はないそうだ」五月女は平然と言う。

「くわしいですね」

「バードウォッチングが趣味なんだ。その場所にどんな野生動物がいるかは事前に下調べをしている」

山歩きには慣れていると言いたいようだ。

「でも地続きであれば、山の中を移動してくる可能性があるんじゃないですか」

爽太が反論すると、

「ないとは言わないけれど、それくらいなら山歩きの途中で遭遇する可能性はゼロに近いね」と五月女は笑った。

藪の中を歩き回ったのか、五月女の服には植物の種子があちこちついている。

「バードウォッチングって、このあたりにはどんな鳥がいるんですか」

爽太の後ろで会話を聞いていた刑部さんが興味を抱いたように質問した。

「ヤマガラ、マヒワ、ホオジロ、ミソサザイといったところかな。興味があるなら見た場所を教えるけれど」

「それはいいです。足が棒のようでこれ以上は歩けません」刑部さんは慌てて手をふった。

「じゃあ、私は向こうの道から戻るから」

五月女はそのまま道を横切り、反対側の藪に入っていく。デジタル・デトックスではなく、バードウォッチングが目的で山荘に泊まったのだろうか。

「動物や自然が好きそうなタイプには見えないですが、人は見かけによらないですね」

刑部さんが感想を口にする。毒島さんは何も言わずに黙っていた。

「その先が山荘です。行きましょうか」

声をかけて爽太は再び歩き出した。

山荘に戻り、シャワーを浴びて広間で休憩していると、リラクゼーション体験の準備ができましたよ、と咲良に声をかけられた。

セパレートのヨガウェアに着替えて、髪は後ろで束ねている。

アロマ、ハーブオイル、音楽、ブラックライトなどを使って、嗅覚、味覚、聴覚、視覚を同時に刺激することで、ストレスに蝕《むしば》まれて疲弊した心身を深くリラックスさせる効果があるそうだ。

「いいですね。楽しみです」

刑部さんは乗り気だったが、

「どういう種類のアロマやハーブオイルを使うのかを教えてくれませんか」と毒島さんは咲良に質問した。

「アロマは鎮静作用のあるラベンダーやベルガモット、オレンジスイートを使います。ハーブオイルは植物の種子から抽出したヘンプシードオイルをキャリアにしたＣＢＤオイルです」

ヘンプシードオイルは、ヘンプの種子を低温圧搾法で搾って抽出したオイルで、必須脂肪酸を多く含んで、健康促進に加えて美容効果も高いと言われているそうだ。

「必須脂肪酸であるオメガ３脂肪酸やオメガ６脂肪酸、ビタミンＥ、鉄、亜鉛などが豊富で、海外ではスーパーフードとも呼ばれているんですよ。オメガ３はクルミや青魚、オメガ６はコーン油や動物性脂肪に多く含まれている、血圧上昇の抑制や血中コレステロールを低下させる働きがある重要な栄養素です。でも人間は自分の体で作ることができません。食品から摂《と》らないといけない栄養素であるため、必須脂肪酸と呼ばれているんです」

オメガ3とオメガ6は正反対の役割を担っているそうだ。オメガ3は白血球を抑制して、炎症を抑える効果があり、オメガ6は白血球を活性化して、病原菌などと戦う働きを担う。

「二つのバランスが崩れると、逆に病気になる危険が高まるんです。過剰なオメガ6が白血球を暴走させて自分の細胞を攻撃してしまうんです」

だからオメガ3とオメガ6のバランスは1対2が理想的だと言われている。オメガ6の割合が多くなると死亡リスクがあがるという研究結果もあるそうだ。

しかし現代人はその比率が1対10になっている。高齢になるほど動脈硬化や高血圧のリスクがあがるのは、オメガ6の摂りすぎに原因があるとも言われているそうだ。

「そのリスクを回避するのがヘンプシードオイルなんですよ。このオイルに含まれるオメガ3とオメガ6のバランスは1対3です。悪玉コレステロールを増やして、心血管疾患のリスクをあげるトランス脂肪酸も含まれていないし、体にいいことばかりなんですよ」

1対3のヘンプシードオイルを取ることで理想な比率に近づけるんです、と咲良は言った。

その説明は手慣れていて流暢《りゅうちょう》だった。リラクゼーション体験のたびに参加者に説明しているためだろう。

なるほど、と爽太と刑部さんは頷いたが、

「このヘンプシードオイルは自家製ですか」と毒島さんは質問を重ねた。

「それは」と言いかけた咲良の声にかぶせるように、

「それは無理よ」と声がした。

忍だ。タンクトップのスポーツウェアに着替えて、広間に入ってきた。

「そこまでする設備はここにはないわ。だから栽培もしていない。使っているオイルはすべて海外から輸入したものよ」

「ヘンプシードオイルだけじゃなくアロマオイルもフランス産ですよ。とてもいい品を使っているんです」と咲良がにこやかに言い添える。

「照明を落とした部屋でアロマを焚いて、リラックスできる音楽を流しながら、オイルを摂取して、その後にヨガのポーズでゆっくり呼吸を整えます。それらがすべて相乗的に心と身体に作用して、深い瞑想《めいそう》をするのと同じくらいにリラックスができるということです」

「床はマット敷きになっているから、そのままの格好で大丈夫。私たちがサポートするから、危険なことは何もないわ。もし体調が悪くなったり、効果が感じられないと思ったら途中で退場しても構わないから」

　忍と咲良は交互に得られる効果を強調する。

「参加するのは私たちだけですか」毒島さんが訊いた。

「五月女さんも参加するわ」

　意外だった。バードウォッチングが趣味で、それ以外には興味がないように思っていたけれど。五月女は先にリラクゼーションルームに行っているそうだ。

「あなたたちを待っているわよ。さあ、行きましょう」

　急《せ》かされて毒島さんも立ち上がる。歩き出しながら、咲良の話はヘンプシードオイルや必須脂肪酸に終始して、ＣＢＤオイルの説明はなかったことに気がついた。

　それは訊かなくてもいいのかな。

　毒島さんをちらりと見たが、特に不満そうな様子はなかった。

　ふわふわと空に浮かんでいるような感覚を覚えて眠り込み、しばし自分がどこにいるのかもわからなくなった。漆黒の夜空に星座が輝く天井をぼんやり見ながら、そうだ、毒島さんたちと旅行に来て、リラクゼーション体験をしているのだと思い出す。

　リラクゼーションルームは、バスケットコートほどの広さで、床にはウレタンマットが敷きつめられていた。爽太たちは思い思いに散らばって、舌下摂取という方法でCBDオイルを摂取した。

『スポイトを使ってハーブオイルを舌の裏に数滴垂らして、そのまま三十秒我慢する。その後にゆっくり唾液と一緒に嚥下《えんげ》する』

そう説明されて爽太は戸惑った。普通に飲み込んではダメなのか。

「経口摂取だと口腔《こうくう》、食道、胃から小腸、肝臓を経て血管に吸収されるので、効果が出るのに時間がかかるんです。舌の裏には太い血管が走っていて、成分がすぐに吸収されるという利点があります。狭心症の発作に使うニトログリセリンや、ダニアレルギー、花粉症の治療薬にも同じようなタイプの薬がありますよ」

毒島さんがそう説明してくれた。

「やっぱり医療従事者の方は話が早くて助かるわ」

そう言いながら忍はスポイトを使って、CBDオイルを爽太の口の中に垂らした。ナッツのような油脂系の風味が口の中に広がった。

忍と咲良も含めた全員がCBDオイルを摂取する。

アロマが焚かれると、深い森の奥にいるような新鮮で爽やかな匂いが部屋の中に漂った。ゆったりしたテンポの音楽がかけられて、ピアノとドラムが印象的なジャズ風のBGMがゆっくり部屋を満たしていく。照明が落とされて、ブラックライトが点灯されると、天井に満天の星空が現れた。

味覚、嗅覚、聴覚、視覚にそれぞれ刺激が加えられている。その後に咲良の指示で、ヨガの基本的なポーズを取らされた。

「できなければ無理にすることはないですよ。リラックスできる体勢でいてください」

咲良に言われたように体を動かしているうちに、体がポカポカして、いい気持ちになってきた。アルコールを摂取したような熱っぽさを感じながら、同時に気持ちがしっとり安らいでいく。仰向けになるポーズを取って、星座の輝く夜空をぼんやりと見上げているうちに、いつの間にか眠りに落ちたようだった。

目を覚ますと、咲良が覗き込んでいた。

「リラックスできました？」

「……はい。とても」

爽太は目をこすりながら頷いた。目覚めた後も、浮遊感と酩酊《めいてい》感が体と心の両方に残っている。不快ではなく、心地よさからくるものだ。強張《こわば》っていた首筋の筋肉がほぐれて、肩がふだんよりも軽くなっている。頭の芯がぼうっとしたが、同時に心地よい脱力感が残っている。

忍に白湯《さゆ》が入ったマグカップを手渡された。起き上がって、ゆっくりと飲み干す。

隣では咲良が毒島さんに話しかけていた。

「お上手ですね。ヨガは長くやられているんですか」

「スポーツジムでヨガの講座を受けています。もう二年になりますが、なかなかうまくならなくて」

あぐらのように足を組みながら、両膝《ひざ》をぺたりと床につけたポーズで返事をする毒島さんを、「そんなことないです。とてもお上手ですよ」と咲良が褒めている。

向こうでは五月女が床に座って黙々とストレッチを行っていた。そうしていると筋肉質な体型なのがよくわかる。ヨガやリラクゼーションよりも筋力トレーニングが似合いそうだった。山道で会ったときはリラクゼーション体験に参加するようなことは言っていなかったが、わざわざ参加したのは何故《なぜ》なのか。

もしかして毒島さんに興味があるということか。

昨日のこともあり、様々なことが想像されて、リラクゼーション体験を終えてすっきりしたはずなのに、漠然とした不安が胸の中に広がった。

「とてもよかったです。体も心も軽くなったような気がします。ヨガもはじめてだったんですが、こんないいものだとは思いませんでした」

刑部さんは興奮気味に忍に話しかけている。

「ヨガもそうだけど、このリラクゼーションは五感を同時に刺激することで成り立っているんですよ。ＣＢＤオイルが神経を解きほぐすことでそれぞれの感覚を鋭敏にして、よりリラックスできる効果をあげています。これを使えば自宅でも同じような効果が得られます。お茶やスープに入れてもいいし、さっきみたいに舌の下に垂らしてもいいし、部屋を暗くして、音楽をかけながら瞑想すれば、自宅にいながら同じリラクゼーションの体験ができますよ」

忍がガラス瓶に入ったハーブオイルを手にのせた。

「さっき説明がなかったんですが、そのCBDオイルというのは何ですか」

毒島さんが何も言わないので、爽太は訊いてみた。

「ヘンプと同じ植物から抽出された成分です。ヘンプシードは種子を搾ったものだけど、CBDは茎と種子から抽出されたものなのよ」と忍が答えた。

正式にはカンナビノイドというそうだ。

「初めて聞きました。でもヘンプって体にいい植物なんですね」

刑部さんは感心している。

毒島さんが何か言いたそうな顔をしたが、そのまま何も言わずに横を向いた。

視線の先には五月女がいる。

五月女はこちらの会話が耳に入っているのかいないのか、一人で黙々とストレッチを行っていた。

洗面所に行くという毒島さんと別れて、刑部さんと広間に戻る。

リラックスしてソファに腰かける。リラクゼーション体験が心身にいい影響を与えたのは間違いないようだ。肩や首筋が普段よりも軽く、気持ちもこれまでにないほどすっきりしている。

「来てよかったですね。心身ともにリラックスできました」

爽太以上に感激しているようで、硬いソファに背中を預けながら刑部さんは言った。

「正直、都会で消耗する生活には疲れました。二十四時間どこにでも電気があって、物でも情報でも欲しい物はすぐに手に入る環境ですが、便利になった分だけ何かを失っているように思います。最低限の電気しかなくて、虫や野生動物の声しか聞こえない環境ですが、生き物として本当に大事な物を感じられるような気がします」

「その気持ちはわかります」

爽太も同意した。もちろんこういう場所での暮らしには、こういう場所なりの大変さがあるのだろう。しかしそれを補って余りある素晴らしさがここでの生活にはあるように思えた。

「こういう場所で暮らしたいですね。今の生活には疲れました」

刑部さんの口調は妙な逼迫《ひっぱく》感を伴っていた。

「たしかに東京の暮らしは息つく暇もないですよね。でも薬剤師なら、どんな場所でも仕事があるし、他の場所に行ってみるのもいいんじゃないですか」

話が深刻になるのを避けるように、あえて冗談めかして言ってみた。

「その薬剤師の仕事に疲れたんです。もっと他の人生もあるんじゃないかと悩んでいます」

刑部さんは意外なことを口にした。

「それは薬剤師ではない仕事に就きたいということですか」

「それも含めて考えています」

その発言には驚いた。六年制の薬学部に行って、国家試験に受かって、ようやく取った薬剤師の資格を二年か三年であきらめるということか。

「もったいないですよ。そんなこと」

「そう決めたわけではないですよ。ただそんなことを思う時間が増えました。なんだかやる気が出なくて、仕事をするのが辛《つら》いんです」

いつも朗らかな刑部さんがそんなことを考えているとは意外だった。どうめき薬局は個人経営で、薬剤師や医療事務の人数は少ないが、雰囲気はよくて、働きやすい職場だというイメージがある。しかし実際は違うということか。

「薬局で何かあったんですか」

「職場の問題ではないんです。百目鬼《どうめき》社長はいい人だし、薬剤師も事務さんもいい人がそろっています。人間関係は問題ありません。純粋に自分の問題です。コロナのこともあったし、自分はこのままこの仕事をしていていいのか、と思い悩む時間が増えました。ここに旅行に来たのも、仕事から離れた場所で、方波見さんや毒島さんと話をしたいと思ったからです」

しかし方波見さんは都合が悪くて来られなくなった。

「そうだったんですか。すみません。自分が代わりに来るようなことになって」

「それは水尾さんが謝ることではないです。というより水尾さんだからこの話をする気になりました。ここに来てあらためて思ったんですが、方波見さんと毒島さんが一緒だったら何も話せていなかったように思います。年が近くて、薬剤師ではない水尾さんだからこんな話をする気になりました。私の方こそすみません。せっかくの旅行なのにこんな暗い話をしてしまって」

「それも謝ることじゃないですよ。僕でよければ話を聞きますよ」

そこまで言った時、洗面所から戻って来る毒島さんの姿が見えた。

「すいません。リラックスした反動で、かえって気持ちがざわついちゃいました。毒島さんと顔を合わせづらいので、部屋に行って休みます。このことは黙っていてください」

刑部さんはそそくさと立ちあがると、広間を横切り、階段をあがって行く。

「……どうかしましたか」

戻って来た毒島さんが、刑部さんの後ろ姿を見て不思議そうな顔をした。

「いえ……」と爽太は口ごもった。

「疲れたので部屋で休むそうです」

言った瞬間、しまったと思った。リラクゼーション体験で心身ともにリラックスしたはずなのに疲れたということはないだろう。

「……そうですか」

爽太の言葉に何かを感じ取ったのか、毒島さんは困惑した表情をしたが、それ以上は追及してこなかった。

二人きりになったが、刑部さんのことが気になって話題が何も思い浮かばない。お互いに黙り込んで気まずい空気になってきた。

苦しまぎれに、「……五月女さんって変わった方ですね」と口にした。

「……どうしてそう思うんですか」毒島さんは眉をひそめた。

「バードウォッチングって、鳥を見つけて写真を撮ることを目的とした趣味だと思っていました。でもここには電子機器やカメラも持ち込めないですよね。それなのに服に種子をつけるほどに藪の中を歩きまわって……」

見るだけで楽しいということなんですかね、と爽太は言った。

毒島さんの眉がぴくりと動いた。何か言いたげに爽太の顔を見ながらも、

「そう言われるとそうですね」とだけ言った。

そこには五月女の話題を避けているような雰囲気もあった。爽太の胸にもやもやした思いが湧きあがる。もしかして自分の知らないところで何かあったとか。そんな埒《らち》もない思いが湧き起こる。

「……すみません。刑部さんが気になるので様子を見てきます」

毒島さんが立ち上がった。それは五月女の話はこれ以上したくないという態度の表れにも思えた。

「わかりました」

それ以上は何も言えず、爽太は黙って見送った。

もやもやした気持ちが湧きあがって、リラックスした気持ちはどこかに消え去っていた。

4

刑部さんが心にたまった鬱憤《うっぷん》をすべて吐き出したのは夕食の後だった。

夕方から風が出てきて、火の粉が飛ぶ危険があるので夕食後の焚火は中止となり、代わりに夕食の直後に広間でアルコールが提供された。

宿泊客も入れ替わっていた。眼鏡の男性とひっつめの女性、金髪の中年女性はチェックアウトしたようで、新しく緑のジャケットを着た、洒落《しゃれ》た雰囲気の若い男性が加わっていた。

最初、刑部さんは大人しく飲んでいた。

遠藤母娘や、新顔の若い男性と一緒に和気あいあいと話をしていたが、その後に爽太と毒島さんと咲良が話している席に加わった。

「毒島さん、話があります」

インドで本場のヨガを勉強したことがあるという話を咲良がしている途中、ワイングラスを持って割り込んできた。咲良は気をきかせたのか、席を立ってカウンターに行ってしまった。

「毒島さんは今の仕事をしていて幸せですか」

すでにかなり飲んでいることが口調からわかった。

「仕事を幸せとか不幸とかいった基準で考えたことはないです」

毒島さんが返事をすると、刑部さんは、ふんっと鼻を鳴らして、

「前から思っていましたが毒島さんは優等生すぎます。すごいとは思いますが、好きにはなれません」と口にした。

隣にいた爽太は固まった。

たしかに毒島さんは知識も見識も豊富で、洞察力や観察力にも優れている。いつも冷静で仕事でも私生活でも――爽太の知っている限りでは――その行動にブレがない。しかし薬剤師として完璧かというと、それとは違う気もする。生真面目さが壁を作って、普段からあまり笑顔は見せないし、他人を容易に近づけない雰囲気を醸し出している。

そういう意味では毒島さんにも欠点はある。

しかし面と向かって、それを言うのはどんなものだろう。

「毒島さんと一緒に仕事をしていると疲れます。自分がどれだけ仕事ができないかを思い知らされて、自己嫌悪ばかりが募ります。薬剤師として使命をもって仕事をするのもいいですが、もっと気楽に考えて仕事をするのはダメですか」

他の薬剤師に文句はない、と刑部さんはさっき言っていた。

しかし本心は違っていたようだ。

刑部さんと出会ったときのことを思い出す。毒島さんに指示されて、クレームのあった患者さんの自宅を訪ねる途中だった。そういえばあのときも毒島さんに対する色々な思いを聞かされた。当時から、それなりに思うことはあったのだ。あれからさらに時間が経《た》って、言いたくても言えないことが心のうちに溜まっているのだろう。

しかし毒島さんは軽く眉をひそめて、

「気楽といっても、調剤薬局の仕事は手を抜いてできる仕事ではないですよ」

「手を抜いて仕事をしたいと言っているわけじゃありません。ずっと気を張って仕事をしていたら身も心ももたないって言いたいんです」

刑部さんは言い返す。

「毒島さんは薬剤師を天職だと思っているのでしょうが、私は違います。大学に六年通って、国家試験に合格して、これで一生使える国家資格を取ったという思いはありますけど、必要以上に使命感を背負う覚悟はありません。天職だとか、一生この仕事を続けていこうって気持ちはないんです。この先、結婚して、子供が生まれたらいったん仕事をやめて、子育てが落ち着いたら、また復帰すればいいかなって思うくらいです。でも毒島さんを見ていると、そんなことを考えるのが悪いことのように思えてくるんです。一生をかけて、この資格と向き合わなければいけないのかと、思い悩んでしまうことがしんどいんです」

もともとそういう悩みを持っていたところに、この新型コロナウイルスの騒ぎがあって、さらに深く思い悩むようになった、と刑部さんは訴えた。

「大学を卒業して二十四歳。就職して一人前になる頃には、もう三十歳が目の前じゃないですか。結婚とか、出産育児とか、自分の将来について考えたいことはあるのに、世の中はこんな状況で、そういったことをじっくり考える暇もないわけで、さらに医薬の世界は日進月歩で、色んな新薬ができては認可されている。相乗効果とか禁忌とか副反応とか、勉強して覚えなければいけないことがたくさんあって、それを思うと頭の中がぐちゃぐちゃになりそうです」

毒島さんはどうなんですか、と刑部さんは強い声を出す。

「結婚して、子供を作ってとか、そういうことは考えていないんですか」

「考えますよ。もちろん」毒島さんはあっさり答えた。

「本当ですか。そんな雰囲気はまるで感じませんが」

「そういうことはなるようにしかならないと思っていますし、焦っても仕方ないと思っています」

「そういう余裕を出せるところが羨ましいです。私だって焦っているわけではないです。でもなるようにしかならないと思っていると、何も変わらないまま年だけ取っていくような気になるんです。このまま仕事だけして年を取るのかと思うと、居ても立ってもいられない気持ちになって、それでなんとかしなくちゃいけないと考えてしまうんです」

「それは、何かをしなければいけないという気持ちが心の中にあるからだと思います。そんな強迫観念を捨てて、もっとシンプルに考えれば、生きていくのがもっと楽になると思います」

「……それは百目鬼社長にも言われました」と刑部さんは息をつく。

「私は自分を追い詰めすぎている、あれもしなきゃいけない、これもしなきゃいけないという考え方をやめて、自分にできること、自分がしたいことだけをしていけば、もっと楽になるはずだって」

「それは正しいかもしれません。百目鬼社長は、ああ見えてハードな仕事をしてきた方ですから、人を見る目はしっかりしています。私も働き出した後、もっと肩の力を抜いて、楽に仕事をした方がいいと事あるごとに言われました」

ミスをしてはいけないという意識が強すぎると、いざミスをしたときにそれをミスと認めない気持ちが働くそうだ。

「だからミスをしたら、それをミスと認めて、どうすればリカバリーできるかという意識を持つことが大事だと言われました」

「へえ、毒島さんでもそんなことを言われたんですか」刑部さんは意外そうな顔をする。

「社長は人を見る目はありますよ。見た目以上に奥が深いと思います」

「でも社長がしていたハードな仕事って何ですか。薬剤師免許を持っているんだから薬学部を出ているんですよね」

「……くわしくは知りませんが、色々と大変な仕事だったようですよ」毒島さんは言葉を濁した。

「知りませんでした。それは興味を惹かれますね」刑部さんはワインを一口飲んで、

「百目鬼社長の奥さんは三十歳近く年下で、すごく美人なんですよ。前は一ヶ月に一度は薬局に顔を出して、それでご飯をご馳走《ちそう》してくれたんです」と爽太に説明した。

「すごく気遣いのできる奥さんで、それでいて百目鬼社長にベタ惚《ぼ》れなんです。不思議なご夫婦だなとは思っていましたが、それはもしかして社長の過去に秘密があったんですか」とまた毒島さんに向き直る。

「社長の過去の仕事が気になります。知っていることを教えてください」

そう言った時、「お邪魔させてもらっていいですか」と声がした。

声の方に顔を向けると五月女が立っている。

「みなさん、明日お帰りですよね。僕はまだですが、最後にお話ししませんか」

いきなりのことで、微妙な空気が漂った。それを打ち破ったのは毒島さんだった。

「いいですよ。ここへどうぞ」

体をずらして、座る場所を作った。

「ありがとうございます」

琥珀《こはく》色の液体が入ったグラスを持った五月女がそこに座った。

話の腰を折られた刑部さんはムッとしたようだが、さすがに文句は言わなかった。

五月女の手元に目をやって、「それはウイスキーですか。いいですね。私ももらおうかな」とつぶやいた。

「これはアイスティーです。生憎アルコールが飲めない体質で」五月女が穏やかに返事をした。

「そうなんですか。五月女さんはアセトアルデヒドを分解する酵素の活性が弱いタイプの人なんですね。知ってますか。お酒が飲めるか飲めないかは、親から受け継いだ遺伝子のタイプで決まるんですよ」

刑部さんがアルコール分解酵素についての話をすると、五月女はじっと聞いた後で、「よくご存知ですね。さすが薬剤師さんです」と目を細めた。

「よくご存知なのはそこにいる毒島です。今のは彼女の受け売りですよ」と刑部さんは肩をすくめる。

「毒島さんとは昨夜話をしました。なかなか優秀な薬剤師さんのようですね」

「はい。優秀すぎて、私は自分の未熟さを思い知らされている毎日です。それであなたは毒島さんがどれほど優秀な薬剤師かをもっと私に聞きたいわけですか」

刑部さんは五月女をにらむ。今度は五月女にからみそうだ。

「その話にも興味がありますが、いま耳にはさんだ社長さんのことが気になりました。百目鬼という苗字《みょうじ》なんですね。私の記憶がたしかなら、百目鬼というのは栃木県宇都《うつの》宮《みや》の伝説に出てくる鬼の名前だったと思います。百の目をもつ、刃のような髪の鬼で、今でも地名に残っているという話を聞いたことがあります」

「よくご存知ですね。もしかして苗字研究家の方ですか」と刑部さん。

「しがない公務員ですよ。気になったのは、その百目鬼社長のもとで働くのが、毒島さんと刑部さんだということです。変わった苗字の方が集まった薬局なんですか」

「自分が変わった苗字で苦労したために、あえて変わった苗字の薬剤師を採用しているそうです。本当か冗談かはわかりませんが、入った後でそんな話を聞きました」と毒島さんが答える。

「毒島さんはともかく、私の苗字はそれほど珍しくはないですよ。日本に古くからある一族の苗字だそうです」

「それなら由緒ある苗字じゃないですか」

「インパクトでは毒島さんに敵《かな》いません。私にとって毒島さんは、実力でも苗字でも太刀打ちできない存在ということです」と刑部さんは口を尖らせる。

また話が戻ってしまった。慰めるつもりで、

「でも実務の経験年数が違うじゃないですか。実力が違っても、それは仕方のないことですよ」と爽太は言った。しかし、「やっぱり水尾さんも実力に差があると思っているんですね」と刑部さんの神経を逆撫でするようなことになってしまった。

「みんな毒島さん、毒島さんって、私のことなんてどうでもいいんです。この前だってそうですよ。毒島さんはいないのかって、患者さんにがっかりしたように言われました。元刑事だった年配の男の人ですが、毒島さんのファンで、彼女と話をするためにわざわざ遠方から通ってくるんです。休憩中だったので三十分待てば戻ってきますと言ったら、そこまで待てないからあんたでいいやって言われました」

しょせん私は、あんたでいいやって言われる程度の存在ですよ、と刑部さんはさらにいじけた態度を取る。

ずっとワインを飲み続けていた刑部さんは、そのあたりでついに呂律《ろれつ》がまわらなくなってきた。体が前後に揺れて、言葉も途切れ途切れになっている。

「もう無理なようですね」

見かねた毒島さんが付き添って、部屋に連れて行くことになった。立ち上がって見送る爽太の横に、緑のジャケットを着た若い男が近づいてきた。

「悪酔いですか。大丈夫かな」と声をかけてきた。

「飲み過ぎたようですね」爽太は言葉を返した。

「普段とは違う雰囲気に飲み過ぎたのかもしれません」

「わかりますよ」と男は大仰に頷いた。

「外の世界はストレスが多いですからね。ここはいいです。ここに来ると本当の自分に戻ったような気がします」

意味ありげな台詞を吐いて、男はそのままどこかへ行ってしまった。

そして毒島さんもそのまま戻ってこなかった。刑部さんの面倒を見ているのか、あるいは自分の部屋に戻ったのか。

爽太は五月女や忍とあたりさわりのない話をしていたが、二人が野鳥の話で盛り上がっているのをきっかけに席を立った。飲み過ぎたのか、少し足がふらついた。トイレに行って寝ようと思い、広間の奥のトイレに向かった。

小便器の前に立つと、離れの窓からは昨日のように光が漏れていた。やはりリラクゼーション体験の夜の部があるようだ。そういえばロン毛と茶髪は今夜も見かけない。もしかしたらリピーターだけが参加できるイベントがあるのかな。

トイレを出ると、廊下の暗がりに黒い影がうずくまっているのに気がついた。蹴とばしそうになって飛びのいた。二人組の男のロン毛のほうだ。体を起こそうとしているが、酔いつぶれているのか、踏ん張れないで、足をもぞもぞ動かしている。

「大丈夫ですか」声をかけてみた。

「トイレに行きたいんだけど……ここはどこですか」ロン毛は呂律がまわっていなかった。

「トイレはすぐそこですよ。起きられますか」

体を近づけると、外国の煙草《たばこ》のような甘い臭いがした。

「……大丈夫……行けます」

そう返事をしながらも、爽太には目を向けない。

「あれ、どこかで虫が合奏してますね。いいなあ。素晴らしい音色だ。ここでしか体験できない音楽だ。美しい。心が洗われるようで泣けますね」と感動したように言う。

耳を澄ませたが、虫の声は聞こえない。かなり酔っているようだ。

ロン毛はポケットから電子タバコを取り出して口にくわえた。

「……ライター、持ってます？」

「持ってませんけど、でも、それってライターが必要な物なんですか」

「……ああ、そうか。ごめん、ごめん。これはいらない。スイッチを入れればオーケーだった」

笑いながら、ごろんと床に横になる。困ったな。放ってはおけないし、忍さんを呼んでこようかな。

すると廊下の角から康夫がぬっと現れた。

「こんなところにいたのか」とロン毛に向かって声を出す。

「トイレは向こうにもあると言っただろう。いい加減、手間をかけさせないようにしてくれよ」

怒ったように言うと、ロン毛を引き起こして、爽太に目をくれることもなく、そのまま連れて行ってしまった。

もしかして向こうで酒を飲んでいるのかな。そんなことを思いつつ広間に戻ったが、毒島さんは戻っていなかった。

部屋に戻ろう。爽太は一人で階段をあがった。二階はしんとしていた。歩くとぎしぎしと床がきしむ。8号室からも、9号室からも物音はしなかった。刑部さんも毒島さんももう寝てしまったようだ。

部屋に戻ると、強い眠気が襲って来た。着替えるのも面倒で、そのままベッドに倒れ込むように寝てしまった。

明け方、微《かす》かな音が聞こえて目を覚ました。廊下がぎしぎしと鳴る音だ。爽太のいる部屋の右から左へ進んで、すぐに左から右に戻っていった。誰かが廊下を往復したようだ。トイレに行ったのだろうと思い、そのまま目を閉じて眠りに落ちた。

次に目を覚ますと、カーテンの隙間から朝の光が差し込んでいた。部屋に備えつけのアナログ時計を見ると七時を過ぎている。持って来たペットボトルの水を飲みながら、明け方に聞いた音のことを考えた。

トイレは階段のすぐ横にある。それは爽太の部屋を出て、廊下を右に進んだ突き当たりだ。

しかしあの足音は部屋の右から左に歩いて来て、また左から右に戻って行った。左側にいるのは毒島さんと刑部さんだから、足音の主は他の誰かだ。トイレに行こうとして間違えたのかな。しかしまったく逆の方向に進むものだろうか。

五月女のことが思い浮かんだ。彼が毒島さんの部屋に行ったということか。でも何のためにそんなことを？　部屋に入るためではないだろう。ドアをノックするような音は聞こえなかったし、足音は時間を置かずに戻ってきたのだ。ただ行って、戻っただけ。どうしてそんなことをしたのだろう。

爽太はベッドから起き上がると、部屋のドアを開けた。

朝食の時間がまだのせいか、人の気配は感じない。部屋を出る。そっと歩いたつもりだったが廊下はぎしりと音を立てた。８号室と９号室のドアに目をやった。これといった異常は見つからない。思い過ごしだったのか。

もやもやした気持ちを抱えて部屋に戻った。他の可能性を考えていると、ふいにドアが叩《たた》かれた。開けると柄物の長袖シャツを着た毒島さんが立っていた。

「朝食に行きませんか」

「用意します。すぐに行くので、先に行ってください」

爽太は急いで身支度を整えた。

朝食会場に行くと、毒島さんは一人で食卓にいた。特に変わった様子はない。

「おはようございます。刑部さんはまだですか」

「二日酔いで辛そうでした。もうすぐ来ると思います」

「結構飲んでいたみたいですからね。……そういえば昨夜、刑部さんを送っていった後、どうしたんですか」

「部屋で仕事の愚痴を聞かされました。三十分ほど言いたいことを言ったら満足したようで寝てしまいましたが、私も疲れたのでそのまま自分の部屋に戻りました」

「よく眠れましたか」

「ええ、とても。初日は周囲が静かすぎてなかなか寝つけなかったんですが、昨夜は山歩きをして、その後にリラクゼーション体験をしたこともあって、いい睡眠が取れました。横になって、気がついたら朝でした」

足音のことを聞いてみようかと思っていると、そこに刑部さんが姿を現した。

「すいません。遅くなって……」水の入ったグラスを持って、爽太の横に腰かける。

「大丈夫ですか」

「二日酔いです。久しぶりにお酒をたくさん飲んだので……」

顔色が悪くて本当に辛そうだ。テーブルに肘《ひじ》をついて、頭を押さえる。

「待ってください。いい物を持っています」

毒島さんは持っていたポーチから何かを取りだした。

「はい。どうぞ」

薬の袋だ。17という番号が書いてある。漢方薬のようだった。漢方薬には似た名前が多いので、間違えないように番号がふってあるという話を以前聞いたことがある。

「五苓散《ごれいさん》です。二日酔いにはこれが一番効果があります」

五苓散は体内の水分代謝を改善する効果があるので、むくみ、喉の渇き、下痢《げり》、吐き気等の症状をやわらげる。水分を排出する作用もあるため、二日酔いの症状を改善する効果も期待できるそうだ。

「もしかして、いつもそんなに持ち歩いているんですか」爽太は訊いた。

口の開いたポーチの中には薬がぎっしり詰まっている。

「いつもではないです。山の中の宿に行くということで多めに持って来ました」

「他には何が入っているんですか」

「解熱鎮痛剤のロキソプロフェンと、抗アレルギー薬のメキタジン、クロルフェニラミン、あとは胃薬と整腸剤と喉、咳《せき》の薬です。山荘ということで、虫に刺された時のかゆみ止め、埃やゴミが入った時の目の炎症の薬も持ってきました。漢方薬では葛根《かっこん》湯《とう》、麻黄湯《まおうとう》、当帰芍薬散《とうきしゃくやくさん》、補中益気湯《ほちゅうえっきとう》、芍薬甘草湯《しゃくやくかんぞうとう》なども持参しました。すべて市販薬ですから必要なものがあればどうぞ。他に車酔いした時の酔い止め、怪我《けが》をした時の絆創膏《ばんそうこう》、ガーゼ、消毒用アルコール、使い捨てのビニール手袋もありますよ」

ブスコパンやビオフェルミン、プロペトなども持ってきたかったんですが、と毒島さんは残念そうに言った。

「電話もインターネットも使えないそうですし、台風が来て、土砂崩れがあって、閉じ込められても大丈夫なようにしたかったんです」

「台風が来るという天気予報はなかったですよ」

「世の中、何が起きるかわからないじゃないですか。大きな地震が来るかもしれないし、そういう時に薬は絶対に必要です」

「台風で山中の宿に閉じ込められたら、ミステリーの世界では連続殺人を恐れるものですが」

「私たちはミステリーの世界ではなく、現実の世界に生きていますから」

非常事態に直面した時、毒島さんは手元に必要な薬があるかないかを気にするようだった。

刑部さんは何かを言う気力もないようで、もらった五苓散を水と一緒に喉に流し込んでから、「昨夜、私は何時くらいまで飲んでいましたか」と質問した。

「十二時くらいです。その後で毒島さんが部屋に送りました」と爽太は答えた。

「そうですか」と刑部さんは眉根《まゆね》をよせて、

「……私、何か失礼なことを言いませんでしたか。文句を言った記憶はあるんですが、はっきりしたことが思い出せなくて……」と申し訳なさそうに毒島さんを見る。

「仕事の話はしましたが、文句とかではないですよ」

「でも酔って、毒島さんにからんだ記憶があるんです……」

「思い過ごしです。問題は何もありませんでした」

優等生すぎるとか、そういうところが好きになれないとか言われたことはおくびにも出さずに毒島さんは答えた。

「……本当ですか」

刑部さんは視線を爽太に動かした。

「本当ですよ。問題にするようなことはなかったです」

毒島さんが気にしていないなら、余計なことを言う必要はないだろう。

「そうですか。それならいいですが……」

刑部さんは息をつく。

そこに咲良が料理を運んできた。トーストとサラダ、スパニッシュオムレツ、ポトフという内容だ。爽太と毒島さんはフォークとスプーンを取ったが、刑部さんは手を伸ばそうともしなかった。

そこにエプロンをつけた忍がやって来た。

ハイキングの賞品を持ってきたという。チェックポイントの文字を並び替えた言葉は「たから」だった。三人は賞品として口を閉じた封筒をもらった。中には〈幸運の種子〉が入っているそうだ。

「あけないで、このまま持っていて。この先に絶対に叶えたい夢ができたら、封をあけて、入っている種子を植木鉢やプランターに植えてみて。夢を叶えるように、天を目指してまっすぐに育つ植物が芽を出すはずだから」

無事に育って、花が咲いたら、あらためて私たちのことを思い出してちょうだいね、と忍は微笑んだ。

「ロマンティックな話ですね。そうしたらまたここに来ればいいわけですか」

「もちろんその前に来てくれてもいいけれど」

「そうだ。言うのを忘れていましたが『か』の札の紐が切れて取れかかっていましたよ」

「あらそう。教えてくれてありがとう。後で見ておくわ」

刑部さんと忍が喋っている間、爽太は広間をそれとなく見渡した。

五月女はすでに朝食を終えたようで、窓際のソファに座ってのんびりコーヒーを飲んでいる。こちらに注意を向ける様子はない。毒島さんも同様だ。

なんとなくだが、お互いに意識して無視しているようにも思えて、爽太はそっとため息をついた。

5

朝食後は、広間でゲームをしたり、菜園でハーブの収穫を手伝ったりしてからチェックアウトをした。

「また来てちょうだいね」

忍は名残りを惜しむように、チェックアウトする宿泊客の一人一人と握手を交わした。

マイクロバスに乗り込んだのは、爽太たちと遠藤母娘の五人だった。

来たのとは逆の山道を辿《たど》り、お昼前に最寄りの駅に停車した。バスから降りて、預けていたスマートフォンを受け取った。駅前の食堂で昼食を取ってから帰るという遠藤母娘と別れて、三人は改札をくぐった。

東京方面行きの電車は十分後にやってくる。

平日の昼間のせいか座席は空いていた。ボックス席に座って、荷物を置くと、ほどなくして列車は動き出した。

「これでまた東京の生活に戻るわけですね」

スマートフォンの電源を入れながら刑部さんが軽くため息をつく。

「普段の生活に戻るのは嫌ですか」

同じくスマートフォンのスイッチを押しながら爽太は訊いた。

「嫌ではないですが、同じ生活が繰り返されるのかと思うと、少しだけ憂鬱《ゆううつ》になります」

「じゃあ、あの山荘でずっと暮らしたいとか思うわけですか」

「どうでしょう。リラクゼーション体験はよかったですが、やっぱりスマホやネットがない生活は二泊三日が限界かも。毎日あそこにいたら、やることがなくてお酒ばかりが進みそうです。一年に一度くらいならいいですが、またすぐに行きたいとは思いません」

水尾さんはどうですか、と逆に訊かれた。五苓散のお陰か、二日酔いは楽になったようだ。

「同じです。これ以上いても、どうしていいかわからなかったと思います。しばらくしたら、また行きたくなるかもしれませんが。でもなんだか不思議な宿でしたね。夜にもイベントがあったようですが、あれは何だったんでしょう」

「夜のイベントって何ですか」

爽太は見聞きしたことを刑部さんに話した。

「そんなことがあったんですか。全然気づきませんでした」刑部さんは意外そうな顔をした。

「忍さんも咲良さんも何も言いませんでしたよね。声をかけてくれればよかったのに」

「リピーターだけの特別なイベントかもしれません」

そんな話をしながら毒島さんの様子を横目で見た。意外なことに爽太たちよりも早くにスマートフォンの電源を入れて、話に加わることなく、ずっと何かを検索している。

その様子を見ている限り、刑部さんよりもスマートフォンへの依存度が高そうだ。刑部さんも気づいたのか、不思議そうな顔をしている。

声はかけずにいたが、しばらくしてまた目をやると、毒島さんの眉間《みけん》に深いしわができていた。こんな様子になるのは、だいたいにおいてトラブルや厄介事があるときだ。二泊三日のリラックスした旅行の帰りにふさわしい姿とは思えない。

「……どうかしましたか」

思い切って声をかけてみた。

毒島さんは顔をあげて、「……これを考えていました」とボストンバッグから出した白い封筒と便箋を見せた。封筒の中央には〈毒島様〉という宛名があり、左下には〈親展〉という文字が添えられている。

「見ていいんですか」

「どうぞ」

便箋を開くと、几帳面《きちょうめん》な字で数字が羅列されていた。
73　10　29　1　92　53
「朝起きたら、この封筒がドアの下に差し込まれていたんです。入っていたのがこの便箋です」

「そうだったんですか」

思わず声が出た。そうか。あの足音の主《ぬし》は、この手紙をドアの下から差し入れたのだ。

「差出人は誰ですか」

「書いてありません」

毒島さんは封筒を裏返す。何も書いていなかった。

「暗号みたいですね」

毒島さんの隣に座った刑部さんが便箋を覗きこんだ。

「語呂合わせですかね。ナミトニクイクニゴミ……ダメですね。意味が通じない」と首をふる。

「解読のヒントのようなものはないんですか」

「封筒に入っていたのは、この便箋だけでした」

「もしかして忍さんからのサプライズですか。暗号を解いたらまたプレゼントがもらえるとか」刑部さんがぽんと手を打つ。

「その考えは面白いですが、でも唐突すぎるように思います」毒島さんが首をひねる。

「もしかして五月女さんじゃないですか」

爽太は言った。なんとなくだが毒島さんも気がついているような気がしたのだ。

「どうしてそう思うんですか」

毒島さんが爽太の顔を見る。その表情に、それが正解だと書いてある。

「今日の明け方、廊下を歩く足音が聞こえたんです。空耳かと思ったんですが、この手紙を見て、これを出すための行動だったとわかりました」

爽太は明け方に聞いた足音のことを話した。

「足音の主が五月女さんだと思ったのはどうしてですか。水尾さんの左側には他の宿泊者もいますよね」

それについては答えにくい。

「滞在中に、毒島さんに盛んに話しかけていたように思ったせいです」と曖昧な言い方をした。

「そうですか。道筋は違うのですが、私も同じ結論に辿り着きました」

やはりそうか。しかし違う道筋とはどういうことだろう。

「差出人が五月女さんだとすれば、この暗号も難解なものではありません。スマートフォンが手元になかったので、あそこで解くことはできませんでしたけど」

「なんだ。わかっているんですか」と刑部さんが拍子抜けしたように言う。

「どういう意味なんですか」

「それなんですが、説明をどうすればいいかを迷っていたんです。私だけではなくて、お二人にも関係する事柄が書かれていますので」

そう言いながら、毒島さんはボストンバッグからメモ帳とペンを取り出した。

「これが五月女さんが出したものなら、ヒントになるのは元素の周期表だと思いました。それでこの数字を周期表と対比させるとこうなります」

毒島さんはペンでメモ帳にすらすらと書きつけた。

73＝タンタル　10＝ネオン　29＝銅　1＝水素　92＝ウラン　53＝ヨウ素

元素の周期表。

そういえば最初の夜、五月女がそんな話題で毒島さんに話しかけていた。

「ネオンや銅、水素、ウラン、ヨウ素なら聞いたことがあります。でもタンタルなんてまったく馴染《なじ》みがないですよ」メモを見た刑部さんが首をひねる。

「タンタルはコンデンサや超合金の材料になる金属元素で、医療器具や人工骨などに使われているようですね」

スマートフォンをタップしながら毒島さんが言った。

ネオンは無色無臭の気体で、ネオンサイン、放電管などの封入ガスに利用されている。銅は金と銀と同じ11族の遷移元素。水素は元素番号1番の宇宙全体で一番多く存在する物質。ウランは原子力発電の燃料に使われる放射性物質で、ヨウ素はヨードとも呼ばれて、医薬用外劇物に指定されている。

「こうして並べても意味を成しません。それで元素記号で表してみました」

毒島さんはメモ帳に元素記号を書き足した。

タンタルはTa　ネオンはNe　銅はCu　水素はH　ウランはU　ヨウ素はI
「これで何かわかるんですか」

「それを話す前に言っておきたいことがあります」

毒島さんはメモを伏せて、背中を伸ばした。

「私の話を聞いても、大声を出したり、騒いだりしないと約束してくれますか」

爽太は刑部さんと顔を見合わせた。意味がよくわからない。しかしそれを約束しないことには毒島さんは説明をはじめそうにない。

「わかりました」と爽太は言った。

「大きな声は出しません」と刑部さんも頷いた。

「じゃあ、もう一度見てください。母音と子音が順に並んでいます。さっき刑部さんが語呂合わせと言いましたが、こうすればそのままローマ字読みができると思います」

毒島さんはメモ帳のアルファベットを指さした。

Ta　Ne　Cu　H　U　I

「……タ・ネ・キュ・ー・ウ・イと読めますね」と爽太は言った。

タネキューウイ……。

「種子って、もらった幸運の種子のことですかね」

「キューウイというのは、キウイフルーツのことでしょうか」

あれがキウイフルーツの種子ということか。

「キウイフルーツの種子はこれです」

毒島さんはスマートフォンをタップした。胡麻《ごま》くらいの大きさの種子の写真が表示されている。そういえばキウイフルーツの実の中心には、微細な種子が無数にある。これが封筒の中に入っているのだろうか。なんだか違うような気がする。それをこんな暗号にする意味もわからない。

「次に考えたのはこのアルファベットを、少し入れ替えることでした。これをじっと見てください。気になることがありませんか」

爽太は言われた通りにしてみた。

「真ん中のCuとHが気になりますね。CとUの間にHがはまりそうです。はめこむと……」

T　A　N　E　C　H　U　U　I

「タネチュウイと読めます。種子注意……もしかしてあの種子に毒があるということでしょうか」

毒のある植物は思っている以上に多い、という話も宇月に聞いたことがある。キョウチクトウ、アジサイ、ポトス、スイセンと身近なものでもあげていけばきりがない。

トウゴマの種子にはリシンという猛毒が含まれているそうで、それは青酸カリの三百倍以上の毒性があるそうだ。

「とりあえず中を開けて確かめてみましょうか」

毒島さんは忍にもらった封筒をボストンバッグから取り出した。

「触っても大丈夫ですか」

「素手で触らなければ平気だと思います」

言いながら、薬が入っていたポーチから使い捨てのビニール手袋を取り出した。

「持ってきてよかったですね」爽太は思わず口にした。

「備えあれば憂いなしといいますから」と毒島さんはしごく当然の表情だ。

手袋をはめた毒島さんは、慎重な手つきで封を開けて、入っていた種子を広げたティッシュの上に置いた。直径五ミリほどの丸い褐色の種子が十粒ほど入っている。

「何の種子でしょう」

「このヘンプの種子に似ています」

スマートフォンに別の画像を表示して毒島さんは言った。

「ヘンプシードオイルの原料ですか。それなら毒はないですね」

「毒はありませんが、別の問題があります。ヘンプとは産業用の大麻を指した言葉です」

「えっ、大麻！」

大声を出しかけて、刑部さんは慌てて両手で口を押さえた。幸いなことに周囲の座席には誰もいない。

「……すいません。もしかしてこれは持っていたらまずいものですか」

刑部さんは首をすくめた。

「大麻取締法では、大麻の種子の所持は禁止していません。成熟した茎と種子以外の部位の所持、さらには栽培と譲渡、譲受が処罰の対象となるようです」

スマートフォンで大麻取締法の関連項目を検索しながら毒島さんは言った。

「ヘンプシードである麻の実は鳥の餌《えさ》として販売されていますし、七味《しちみ》唐辛子《とうがらし》にも入っています。発芽させなければ問題はないようです」

「そうですか。よかった」と刑部さんは、ほっとしたように息をついた。

「でも忍さんは、どうしてこれを私たちに渡したんでしょう」

「それに五月女さんが暗号めいたメッセージをよこした意味もわからないです」と爽太も続けた。

どうしてこれが大麻の種子だと思ったのか。いや、もっとわからないことがある。

自分たちがこの種子をもらったのは朝食の時だ。しかし暗号仕立てのメッセージは朝方毒島さんの部屋に入れられていた。ということはこの種子が自分たちに渡されることを、事前に五月女は知っていたことになる。

ハイキングのチェックポイントをすべてまわった客には、幸運の種子が賞品として渡される。五月女がリピーターであるなら知っていても不思議はないだろう。しかし滞在中、彼はそんなことをおくびにも出さなかった。さらにこんな形で伝える意味もわからない。あまりに思わせぶりにすぎるだろう。

「一体あの五月女という男は何者なんですか」とつい大きな声が出た。

「それより問題なのは忍さんや咲良さんですよ。こっそり大麻の種子をお土産に渡すなんて、何を考えてそんなことをしたんでしょう」と刑部さんも憤る。

「飲まされたオイルも怪しいです。ヘンプシードオイルとか、ＣＢＤオイルとか言っていましたが、実は大麻の成分を使ったオイルだったということはないですか」

大麻の成分を宿泊客にこっそり摂取させて、リピーターになるように仕向けていたのではないか、と刑部さんは心配しているようだ。

「それは私も考えました。絶対ないとは言い切れませんが、その可能性は低いと思います」と毒島さんは答えた。

「どうしてそう思うんですか」

「それをこれから話します。どこから説明すればいいのか考えましたが、大麻の説明からはじめるのがわかりやすくて、安心できると思います。だから気を静めて、落ち着いて聞いてください」

毒島さんはなだめるように言った。

「大麻は植物学上の分類ではカンナビスと呼ばれます。中国、インド、ロシアを原産地として、広く世界に分布しています。カンナビスの特徴は、百種類以上のカンナビノイドという薬効成分を含んでいることです。中でもＴＨＣ《テトラ・ヒドロ・カンナビノール》とＣＢＤ《カンナビジオール》という二つの成分が特に重要です」

ＴＨＣには高揚感、解放感をもたらす精神活性作用があり、ＣＢＤには抗炎症作用や抗不安作用、鎮痛作用があるそうだ。ＴＨＣには、脳や精神への悪影響、記憶障害、運動障害といった副作用も報告されていて、それが原因で世界各国で大麻は禁止されている。

しかしＣＢＤにはそういった副作用がほとんどない。てんかん、アルツハイマー病、パーキンソン病等の治療効果があるとして、世界各国で研究がすすめられている。

「だから日本でもＣＢＤを使用することは可能です。リラクゼーション体験で使用されたオイルがＣＢＤオイルであるなら、何も問題はないんです」

ヘンプというのはＴＨＣの含有量の低い大麻草の呼び名で、産業用大麻とも呼ばれている。その種子から作ったヘンプシードオイルもＣＢＤオイルと扱いは同じそうだ。

問題となるのはＴＨＣだ。ＴＨＣの含有量が多い大麻がマリファナと呼ばれるのだ。

ＴＨＣとＣＢＤの含有量は大麻草の種類で変わってくる。国内に自生している大麻はＴＨＣの含有量が低い種類がほとんどで、だから歴史的に大麻を吸引するという文化が広がらなかったと考えられているそうだ。

「ただし、成長が早くて、病害に強くて丈夫という特性があることから、大麻は繊維として国内で広く利用されました。麻の服や麻縄をはじめ、神事に使う神服、注連縄などにも大麻の繊維が使われています。そういった意味で、大麻は人々の暮らしに密接に関わってきた植物なんです。戦後、ＧＨＱの命令で大麻取締法が作られて以降は、栽培も国に厳しく管理されていますが、それ以前はどこにでも生えている普通の植物だったわけです」

注連縄と聞いて、山荘にあった神棚のことを思い出した。もしかしてあれも大麻から作られたものだったのか。

「刑部さんは、リラクゼーション体験で宿泊客にこっそり大麻の成分を摂取させて、それでリピーターになるように仕向けていたのではないかと心配しているようですが、それについてはさほど心配することはないと思います。マリファナは抑制系《ダウナー》の薬物ですが、幻覚作用もあって、初心者は気分が悪くなったり、妄想を見たり、錯乱状態になったりすることもあるようです。精神作用がうまく働いたときには、リラックスや多幸感に加えて、五感が敏感になって、音楽の聞こえ方に変化が表れるということがあるそうで。だけど、あの時、私たちはリラクゼーション体験を行って、そういった感覚に陥りませんでした。リラックスして、ゆったりとした気分になっただけです。マリファナが使われていれば、もっと強い精神効果があったのではないかと私は思います。それにマリファナは、依存性の低い薬物であるという研究報告もあります」

ヘロイン、コカイン、アルコールよりも安全で、総合的な危険性はニコチンと同程度という研究報告がアメリカでされているそうだ。ハードドラッグとは違い、一度摂取しただけで、依存症状や禁断症状が出ることがほとんどないのがマリファナの特徴なのだ。

「忍さんが何を考えて、この種子を我々に渡したのかはわかりませんが、禁断症状を期待してリピーターにするためという目的ではないと思います」

毒島さんの話に刑部さんは、ほっとした顔になった。それでも不安は残るようで、

「でも知らないとはいえマリファナを吸って、それが警察に知れたら罪に問われることもあるんじゃないですか」と小声で言った。

「マリファナに使用罪はありません。将来的には法律が変わる可能性もありますが、現時点においては使用しても罪にはなりません。これはヘンプを扱う人たちが作業の工程で成分を吸引する可能性を考慮してのことだそうです。種子も同様に持っているだけでは罪になりません。ただし観賞用であっても栽培は法律違反です。知らずに植

えたとして、それを警察に通報されたら、大麻取締法違反で逮捕される可能性があります」

「もしかしたら、それが目的ということですか？」

大麻の栽培をしていることを警察に言われたくなかったら言うことを聞け。そう脅迫をするために種子を渡した可能性はあるわけだ。

「それだって植えなければ問題はないわけです。そんな不確定な目的のためにわざわざ種子を渡すというのもおかしなことですが」と毒島さんは首をふる。

「じゃあ、何のためにそんなことを？」

「よくわかりませんが、大麻をこの世に広めたかったという想いがあったのかもしれませんね」

「そうか。あの夜の集まりは――」爽太はそれに思い当たった。

あそこでマリファナを吸引していたのかもしれない。表向きはデジタル・デトックスとリラクゼーション体験を売りにした宿でありながら、裏では大麻愛好家に向けた商売をしていたのだ。電子機器を持ち込めないので、写真も撮れないし、録音もできない。ネットで検索もできないので、忍たちの話の裏も取れない。

情報を遮断して、自分たちが都合のいいような話ばかりをしていたのだ。

「結局は彼女たちに騙《だま》されたということですかね。いい人たちだと思っていたので残念です」

刑部さんが暗い顔になる。どうやら毒消し山荘への旅行を企画したことを申し訳なく思っているようだ。

「騙されたのはショックですが、旅行自体は楽しかったです。そう落ち込むことはないですよ」爽太は慰めた。

「そうですよ。実害はなかったですし、私もすごく楽しかったです。この旅行を企画してくれてありがとうございます」と毒島さんも笑みを浮かべる。

「そう言われても、しばらくは立ち直れないかもしれません」

刑部さんは肩を落として、座席に沈み込む。山荘での暮らしに憧れに近い感情を抱いていただけに、裏切られたという気持ちが強いようだった。

「そういうことなので、みなさんの種子も私が預かります。東京に戻ったら社長に事情を話して調べてもらいます」

爽太と刑部さんはもらった封筒を毒島さんに手渡した。

「五月女さんなんですが、彼は一体何者なんでしょう。山荘の裏の事情に精通しているようですが、どうしてそこまで知っていたんでしょうか」

「あの山荘の内情がわかれば、だいたい想像はつくと思いますが」毒島さんは涼しい顔で口にする。

「警察関係者ですか。大麻の捜査をしていたとか」

自分の仕事をしがない公務員と言っていた。

「五月女さんについては、最初から妙な人だと思っていました。私と刑部さんが薬剤師であるということは特に隠していなかったので、知っていてもおかしくはないですが、言葉の端々に微妙なニュアンスを含ませるのです。今は大学も六年制だ、と言ったり、薬剤師国家試験の合格率を知っていたり、薬局のことを保険調剤薬局と言ったり」

今は六年制だということは、昔は四年制だったと知っているということだ。さらには近年の薬剤師国家試験の合格率を覚えている人が一般的にどれだけいるだろう。わざわざ保険調剤薬局と言うのも妙だ。同業者以外で、会話中にそんな言い方をする人がいるだろうか。

「それで同業、もしくはそれに関連する仕事に就いているのだろうと思いました。厚労省とか、保健所とか。ただ、それにしては自分から言い出さないのも妙でした。プライバシーに踏み込むのも悪いと思って、こちらから余計な質問はしませんでしたが、昨晩、お酒を飲んでいる時にまた妙な行動をしました」

刑部さんが話をしている途中で割り込んできたのだ。

「でも、それが何か」

「ちょうど百目鬼社長の話をしている時でした。ハードな仕事って何ですか、と刑部さんが言った、そのタイミングで声を掛けてきたんです。それが百目鬼社長の過去に関する話題を阻止するためのように思えたんです」

五月女が百目鬼社長の過去を知っているということか。そういえば百目鬼という苗字の由来についても彼は知っていた。

「もしかして五月女さんと百目鬼社長は知り合いということですか」

「そう思いました」毒島さんは頷いた。

「態度や年齢からして、二人は同じ職場の上司と部下だったのではないかと思いました」

「ということは五月女さんも薬剤師ということですか」

警察関係者や厚労省の関係者、保健所の職員でもなかったのか。

「薬剤師の国家資格はもっているでしょうね。でも薬剤師ではなく、もっと別の職業に就いていると思います」

「毒島さんは百目鬼社長の過去の仕事を知っているんですか」

「前に聞いたことがあります。さしさわりがあるので大きな声では言えませんが」

ハードな仕事と言っていた。

「毒島さんの話は思わせぶりで意味が分かりません。もっとはっきり言ってくれませんか」じっと話を聞いていた刑部さんが苛立《いらだ》ったように声を出す。

「わかりました」

毒島さんは、爽太と刑部さんに顔を寄せるような身振りをした。二人が毒島さんに向かって身を乗り出した。

「すると声をひそめて、「百目鬼社長は大学の薬学部を卒業した後、当時の厚生省《こうせいしょう》の麻薬取締部に入省しました。麻薬取締官の職に就いたんです。いわゆるマトリです。だから五月女さんも同じだとすれば、あの山荘の内偵捜査に来ていたのではないかと思います」

爽太はぽかんと毒島さんの顔を見た。

「本当ですか。それって想定外すぎるんですけど」刑部さんはのけぞっている。

「薬局内で知っているのは私と方波見さんだけです。五月女さんのことも含めて、ここだけの話にしてください」

毒島さんに言われて刑部さんは慌てて頷いた。

「言いません、言いません。というかそんなこと、誰にも言えません」

「でもマトリって、テレビドラマやマンガでしか見たことないですよ」

ハードな職業。なるほど、そういうことかと爽太は思った。

「マトリの内偵捜査が入るってことは、あの宿はやっぱり陰で大麻の栽培をして、吸引をさせていたんですね。ショックです。忍さんも咲良さんもいい人たちだと思ったのに」

刑部さんはショックを通り越して、呆然《ぼうぜん》とした顔になる。

毒島さんは忍からもらった封筒を指でつまんだ。

「これまでに内偵捜査で得た情報で、これは大麻の種子だと彼は判断したのでしょう。それで注意しろと忠告してくれたのだと思います」

「暗号で警告するなんて手のこんだことをしないで、直接教えてくれればよかったじゃないですか」爽太は言った。

元素の周期表の話題を出したり、パズルは作る方が得意ですと言ったのも、すべてはこれの伏線だったのだ。

「直接言うか、後で百目鬼社長を通じて連絡すればいいことだとも思いますが」

「たぶん内偵捜査のルールに外れることだったのでしょう。捜査の途中で自らが捜査官だとバレるようなことはできなかった。だからギリギリの範囲で忠告してくれたのだと思います」

直接告げれば、騒ぎになって内偵捜査が台無しになる可能性もあったわけだ。百目鬼社長も今では部外者だから、情報を漏らすわけにはいかない。それでこういう手段に出たということか。

「私たちが誰かに譲り渡す可能性もあるわけで、何らかの注意を与えておきたかったんだと思います」

毒島さんがどうめき薬局に勤務している薬剤師と知って、五月女は驚いたのだろう。話しているうちに社長の名前も百目鬼と知って、自分の過去の上司だと確信した。その薬局に勤めている薬剤師を厄介事に巻き込みたくなくて、こんな暗号のメッセージを送った、と毒島さんは考えているようだ。

毒島さんが彼の意図に気づかず、あのメッセージを忍に見せる可能性もあったので、その時に見られても意味がわからないようにあんな暗号にしたということか。

「そうだったんですか」

五月女が毒島さんを気にしていたのも、そういう理由があってのことだったのだ。爽太は安堵《あんど》したような、それでいて拍子抜けしたような気分になった。むず痒《がゆ》さを覚えて、右目のあたりに手をやった。

「でも社長がマトリだったということも信じられません。あの人のいいだけが取り柄のような社長がそんな職業についていたなんて」

「優秀で出世頭だったと自分で言っていましたよ、でも色々あって辞めたとか。今回の件も、戻って話を聞けば、少しは事実関係がはっきりするかもしれません」

「そうですね。戻ったら訊いてみましょう」

「でも毒島さんは大麻のことにも詳しいんですね。こう言ったら何ですが意外です。薬剤師の仕事には違法薬物の知識も必要なんですか」爽太は訊いた。

「さっきも言いましたが、大麻は他の違法薬物とは違うんです。THCとCBDに代表されるカンナビノイドはまだ研究がはじまったばかりで、今後それを元にした医薬品が創薬される可能性が高いんです。だから本は色々と読んでいます。でも宇月さんはもっとくわしいですよ。興味があれば彼に訊いてください。もうすぐ東京に戻ってくるそうですから」

「屋久島《やくしま》に行って、その後は沖縄にいるって話を前に聞きましたけど」

「こちらで新たに就職先を見つけたようですよ。なんでも新宿《しんじゅく》の漢方薬局だとか」

「そうだったんですか」

むず痒さをまた感じて瞼《まぶた》を指で掻《か》く。

「そこ、蚊に刺されてますね」毒島さんが言った。

指で触ると瞼がぷっくり腫れている。あたりを見たが蚊の姿は見えない。だいぶ涼しくなってきたとはいえ、まだ蚊がいるらしい。血を吸って、すでにどこかに飛んで行ったようだ。

「薬を持っています。使ってください」

毒島さんはポーチから軟膏《なんこう》のチューブを取り出した。

「ロコイドです。ステロイドが配合されています。顔にも使用できる薬ですが、目の中に入らないように注意してください」

「ありがとうございます」

薬を塗ってチューブを返した。

「お役に立てて何よりです」

「それだけ持ってたのに、使ったのが五苓散とロコイドだけって、なんだかコストパフォーマンスが悪いですね」刑部さんがぽつりとつぶやいた。

しかしすぐに「あっ、すみません。分けてもらった私が言うことではないですね」とバツが悪そうに謝った。

「使わなければそれに越したことはありません。何かあった時に、あればよかったのに、と後悔するのが嫌で持ち歩いているだけです」

毒島さんは気を悪くした風もなく言葉を返す。

非常時の備えというわけか。でもそれだけの薬を持ち歩くのはたしかに面倒そうだった。

「じゃあ、この薬の中でひとつだけ選ぶとしたらどの薬を選びますか」

「そんなの選べませんよ」

「でも、あるじゃないですか。無人島に行くとき、ひとつだけ持っていけるとして、何を持って行くかって問いかけが。無人島に行くときに薬を一種類だけ持っていけるとしたら、毒島さんはどの薬を持って行きますか」

冗談のつもりで言ったのだが、毒島さんの眉間には深いしわが寄っていく。

「一種類だけって、医薬品の分類はどうなりますか。一般用医薬品は当然として、要指導医薬品や医療用医薬品を含んでの選択になりますか」

「えっ？」

「一般用医薬品には第一類医薬品、第二類医薬品、第三類医薬品がありますが、それはすべて含んで考えていいんですよね。第一類と要指導医薬品は、薬剤師が対応することが義務づけられていますが、ドラッグストアで扱っている以上はそこに含んでいいものと捉えます。医師の処方が必要な医薬品はどうしましょうか。約半数は処方箋なしでも買えるのですが、それは含んで考えてもいいですか。どこまでの範囲を想定しての質問なんでしょう」

想定も何もない。ふと思いついた雑談のネタなのだ。しかし仕事のスイッチが入ってしまったようで、

「無人島の場所や季節も重要になりますね。寒いところではなく、暖かいところという認識でいいんですよね。だとしたら毒のある虫や植物が分布しているわけですから、解熱鎮痛剤やアレルギーの薬が第一候補になると思います」

「いや、それは」と爽太が言う前に刑部さんも口を開いた。

「あとは下痢止め、整腸剤などですか」

「うーん。一つに絞り込むのは無理ですね。一つとは言わずに、二つ、いえ、三つではどうでしょう」

「あっ、それ、いいですね。無人島に持っていく薬を三つあげろってことですね。ロキソプロフェンは外せないとして、あと二つは何を持っていこうかな」と刑部さんも仕事をする時の顔になる。

「抗アレルギーの服用薬、炎症を止める塗り薬、お腹を壊したときの下痢止めや整腸剤、あとは喉の薬や咳止めでしょうか」

「胃の薬も持っていきたいところです」と毒島さん。

「そうだ。正露丸はどうですか。腹痛に加えて歯の痛みにも効果があり、さらにアニサキス症の痛みを軽減させるそうですが」

「なるほど。木クレオソートがアニサキスの動きを鈍くするという報告がありましたね。生の魚を食べるときのリスク対策になりますし、いい考えだと思います。ナイスアイデアですね」と毒島さんが刑部さんに微笑んだ。

「あと一つは何でしょう。皮膚がかぶれたときの塗り薬かな。あっ、漢方薬という選択もありますね」

「葛根湯とか、芍薬甘草湯とか、たしかに候補はたくさんありますね」

毒島さんと刑部さんは熱心に語り出し、そこに爽太が割り込む余地はなかった。

まあ、いいか。

毒島さんはリラクゼーション体験の後より、薬の話をしている時の方が楽しそうだったし、刑部さんも、嫌々つき合っているわけではなさそうだ。お酒を飲んであんな話はしたが、本気で薬剤師を辞めたいわけではないらしい。

列車は直線に入って速度を上げていく。

もうすぐ東京だ。ストレスに満ちた生活が待っている。

車窓に広がるゴミゴミした光景に目をやりながら、それでもこの生活が本気で嫌なわけではないいんだよな、と爽太は考えた。

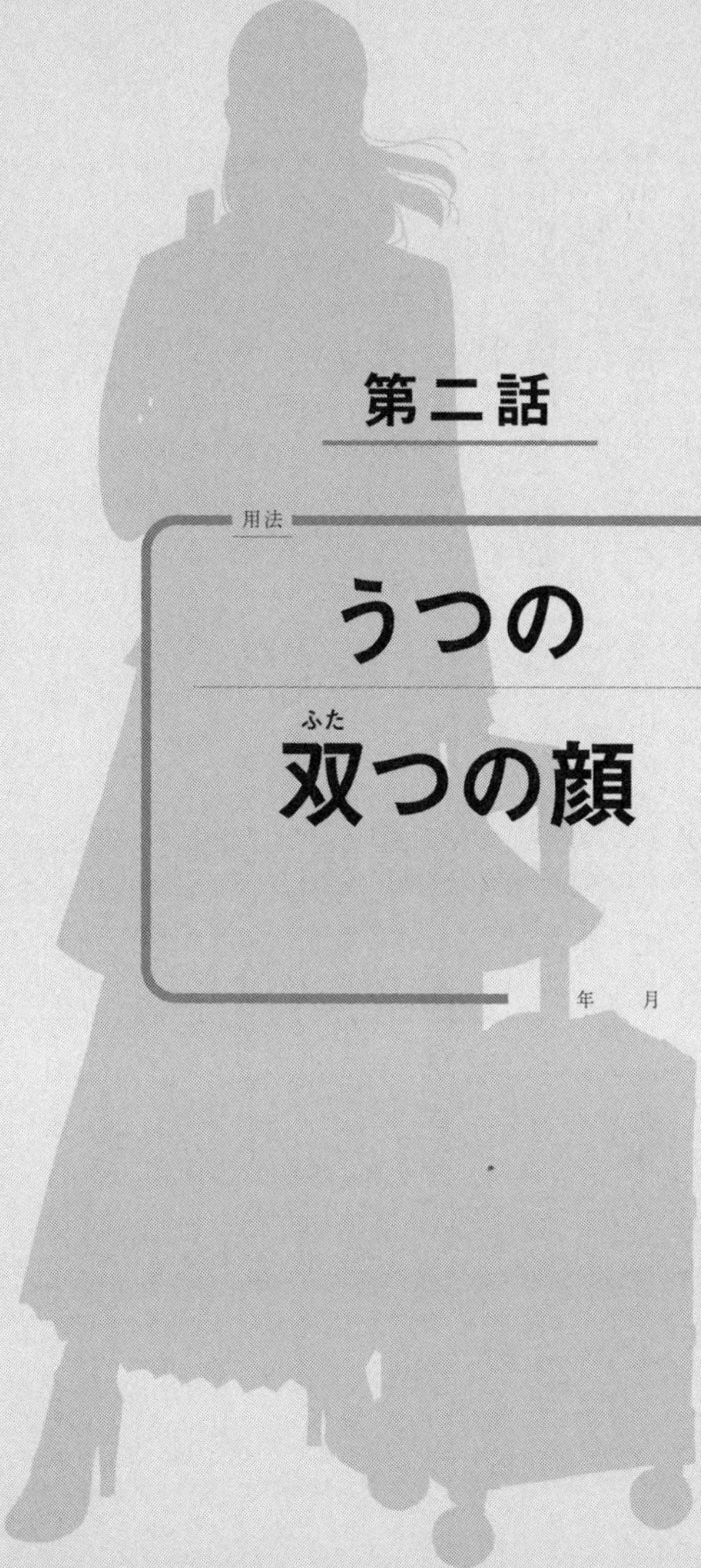

第二話

用法

うつの

双《ふた》つの顔

年　月　日

1

「じゃあ、俺はそろそろ帰るから」

だるそうに腰を浮かせる馬場さんに、爽太たちは顔を見合わせた。

「そろそろって、まだ店に来て一時間も経っていませんよ」

「ビールも残っているし、つまみだってほとんど手をつけてない」

「もしかして具合が悪いんですか」と口々に質問する。

「……なんだか気乗りがしなくてな」馬場さんは気のない調子でつぶやいた。

「すまんな。あとはみんなでやってくれ」

千円札を三枚置いて席を立つ。どことなく疲れた様子に引き留めることもできず、お疲れ様でした、気をつけて、と遠慮がちに声を出す。

背中を丸めて馬場さんがとぼとぼと店の外に消えていく。その後ろ姿は悄然《しょうぜん》としたという表現がぴったりだった。お気楽で、何があっても飄々《ひょうひょう》としている馬場さんには、まるで似つかわしくない表現ともいえる。

「こんな時間に馬場さんが帰るなんて信じられないな。明日は太陽が西から昇りそうな気がするよ」

そう嘆息したのは笠井《かさい》さんだった。爽太の先輩フロントマンで二児の父親、そして馬場さんの飲み仲間でもある。

「最近は仕事中もずっとあんな感じなんですよ。それで心配になって、今日は誘ってみたんです」

心配そうな顔で原木《はらき》くるみが言った。同じくフロント勤務で、爽太よりも三つ年下だ。

「口数も少ないし、仕事中もだるそうで、休憩のときもコンビニのおにぎりを半分残していました」

「いや、でもさ、競馬で負けたせいで元気がないだけかもしれないぞ」

くるみの心配を笑い飛ばすように笠井さんが言った。

「今の時期だと菊花賞《きっか》か、天皇賞かな。きっと大負けして、すっからかんになったんだ。それで懐《ふところ》が寂しくなって、早々に退散したってとこじゃないのかな」

「競馬はずっとやってないそうです。それどころかボートレースも競輪もパチンコも麻雀も、最近はつまらなくなったと言ってました」

笠井さんの言葉を、くるみはあっさり否定した。

「いや、それはさすがに嘘《うそ》だろう。残業をしないのが信条で、アルコールとギャンブルを何よりも愛している馬場さんだぞ。バツ二で一人暮らしなんだから、ギャンブルをしないで暇な時間を過ごせるはずがない」

それはない、ない、と笠井さんは手をふりながら繰り返す。

「本当に言ってたんですよ」

「いやあ、信じられないな」

「水尾さんはどうですか。笠井さんと同じように思います？」

くるみは爽太に向き直る。

「たしかにあんな馬場さんを見るのははじめてだね。血糖値があがって、糖尿病の心配をされても、お酒を控えることはなかったのに」

ビールが半分残ったままのジョッキを見て、爽太は首をひねった。

「体がだるくて、やる気が起きないって言ってました。ご飯を食べても、お酒を飲んでも美味しく感じないらしいです」

「新型コロナウイルスの後遺症に味覚障害があったよね。感染しても発熱などの症状は出ないで、後遺症だけが出ることもあるそうだけど」

「私もそれを考えました。でも味はするみたいです」

感じるけれど美味しく思えないということらしい。

「美味しく思えないっていうのはたしかに妙だな。塩をつまみに日本酒《にほんしゅ》を飲むような人だったのに」

それを聞いて笠井さんは眉をひそめた。

「それで病気かもしれないと心配になったんです」とくるみは続ける。

「病気って、新型コロナや糖尿病以外でかい」

「……うつ病です」

「うつ病？　馬場さんが？」笠井さんが驚いた顔になる。

「『理由もなく気分が沈む。何事も楽しめずに興味がわかない。食欲がない。寝つけない。気力がなく疲れやすい』といったことが初期症状にあるんです。それが二週間以上続いて、強い苦痛を感じたり、仕事や家事ができなくなれば、治療が必要な状態と判断されるんです」

「いや、でも信じられないな。あの馬場さんがうつ病になるなんて」

笠井さんは憮然《ぶぜん》とした顔をして、焼き鳥の串に手を伸ばす。

「うつ病は誰でもかかる病気ですよ。心の風邪とも呼ばれていますから」くるみは真面目な顔で言う。

「そうは言うけど、実際は責任感が強くて、真面目で、ストレスに弱い人がかかる病気じゃないのかな。馬場さんには養うべき家族もいないし、仕事に対する責任感もそれほどない。私生活のほとんどを酒とギャンブルに費やしているような人なんだ。そんな病気にかかるようには思えない」

「それは間違った見方です。どんな人も見かけと内面は違います。見かけは不真面目でいい加減でも、内面では様々なストレスに悩んでいることだってあるんです。何をストレスに感じるかも個人差があります。長時間労働以外でも異動、転勤、結婚、育児、介護、離婚、病気の発症などがきっかけになります。一時的に受ける強いストレスではなく、普通のストレスを長期間受け続けることが発症の原因になることもあるそうです」

くるみは真面目な顔で言い募る。

言われてみれば、たしかに思い当たる節はある。この一年半で馬場さんの身にはいくつかの大きな変化があった。健康診断の数値異常を指摘されて、アルコールを控えて食生活を見直すことを求められた。次に新型コロナウイルスの感染拡大の影響でリゾートホテルへの転職をあきらめて、非常事態宣言が出された時には発熱してホテルの部屋への自主隔離を求められた。さらにステイホームが推奨されて、ギャンブル中心だった生活をあらためた。その後、マッチングアプリで出会った女性と婚約したが、相手の事情で破棄されるという目にも遭っている。

笠井さんが言うほどお気楽な生活を送っていたわけではない。

爽太がそれを言うと、うーん、と唸《うな》って笠井さんは腕を組んだ。

「気ままな独り暮らしで羨ましいと思っていたけど、馬場さんは馬場さんなりに悩みを抱えていたということか」

夫婦ともにフルタイムで仕事をして、二人の子供を保育園へ通わせている笠井さんは、それでも納得し切れないという顔をした。

「でもうつ病は薬で治るんだろう？　心の風邪ならそこまで心配することもないんじゃないのかな」

「その認識は甘いです。風邪だってこじらせれば命の危険があるんです。同様にうつ病は初期対応が重要なんです」とくるみは力を込める。

「でも原木は、どうしてそんなにうつ病にくわしいんだよ」

あらためて笠井さんはくるみの顔を見る。

「祖母が認知症になって、自宅で介護をはじめた時に、母がうつ病になりかけたんです。すべてを一人でやろうとしたのが原因でした。それで家族のみんなで勉強して、母にかかるストレスを和らげるように努めたんです」

病院にも行って薬をもらい、介護や家事を役割分担したことで大事にならなくて済んだという。

「心の風邪といっても、放っておいて治るとは限らないです。きちんと治すためには周囲の協力が必要不可欠なんですよ」

きちんとした知識に裏打ちされたくるみの話には説得力があった。

「でも馬場さんの場合はどうすればいいのかな。一人暮らしで家族はいないし、俺たちが病院に連れて行った方がいいわけか」と笠井さんは質問をした。

「問題はそこです。認知症もそうですが、一人暮らしだと病気だということがわからず、すぐに治療に結びつかないんです。気がついた時には、病気が進行していたということにもなりかねません。私の考えすぎで、今後馬場さんが元気になるようなら、今の話は忘れてください。でももっと元気がなくなったり、仕事を休むようになった時には、お二人に協力してもらいたいんです」

そのために今日、笠井さんと水尾さんに声をかけたんです、とくるみは言った。

「こういうことは実際に目で見た方がわかりやすいと思って。でも馬場さんは最初嫌がったんですよ。最近、なんだか酒を飲む気になれないって」

それをなだめすかして連れて来たそうだ。しかし案の定というか、馬場さんはほとんど飲み食いしないで帰ってしまった。

「たしかにあんな馬場さんは見たことがないな。具合が悪くなっても、体の中を消毒するためだと酒を飲みたがる人だったのに」と笠井さんは腕組みをして、天井を見上げた。

「わかった。協力するよ」

「ありがとうございます」

「でも理由は何なんだろう。やっぱりあれかな。婚約破棄の件」と言いながら、手をあげて店員にウーロンハイを注文した。

「平気そうな顔をしていたけれど、やっぱりあれがショックだったのかな」

その話題が出て、爽太は少し落ち着かない気持ちになった。婚約が破棄される過程には爽太と毒島さん、そして宇月が関わっていた。しかし馬場さんはそれを知らない。もしそれが原因だとしたら責任感を覚える。

「理由を探っても仕方ないです。それは考えないでおきましょう。プライベートに踏み込むのは、かえって負担をかけることになりますし」とくるみが釘《くぎ》を刺す。

「それはわかっているけど、理由が仕事にあるなら、俺たちで助けられるかなと思ってさ。でもそういうことじゃなさそうだな」

「たしかに世間一般によくある、長時間労働とか過重労働が理由ではなさそうですね」爽太も言った。

「強いてあげるとしたら黛《まゆずみ》さんのことですかね」

それを聞いて、笠井さんは苦笑いした。

「たしかに扱いづらいお客さんだけど、それが理由ってことはないだろうな。馬場さんはそれなりに好かれていたわけなんだし」

黛さんは三〇四号室に泊まっている女性客だ。

フルネームは黛美晴《みはる》。二十六歳、既婚、モラハラ夫から逃れて、所沢《ところざわ》から家出してきたそうで、三週間ほど続けて泊まっている。常にハイテンションで、自己主張が強く、他人の話を聞こうとしないパーソナリティの持ち主だ。

チェックインのエピソードからして凄《すご》かった。昼過ぎ、タクシーをホテルに乗りつけて、

『私、黛美晴、一時間ほど前、ネットで予約したんだけど、ちゃんと予約できているる? 荷物がたくさんあるから、運ぶのを手伝ってほしいんだけど。ほら、あそこの車。旦那が仕事に行っている間に、荷物を詰め込んで逃げて来たの。旦那に見つかると大変だから、早く荷物を下ろしたいのよ。見つかったら本当に大変なんだから。旦那は最初優しかったけど、だんだんと本性を出して、ついにはモラハラ夫に変身しちゃったの。それからは飯がまずい、掃除が雑、洗濯はいい加減、買い物が下手、金遣いが荒いって、ことあるごとに文句を言って、趣味の動画配信もやめさせられそうになったのよ。昨日の夜も喧嘩《けんか》になって、私がちょっと物に当たったら、やめろって殴られたの。それで我慢できなくなって、旦那が仕事に行ったすきに家出してきたってわけ。だから私がここに泊まっていることは絶対に旦那に言わないで。バレたら連れ戻されてひどい目に遭うから、絶対に、絶対にお願いね——』

相手が口をはさむ暇も与えずに、一気呵成《いつきかせい》にまくし立てたのだ。

爽太は夜勤明けで、ちょうど帰ろうとしていたところだった。

美晴の対応をしたのは日勤に入っていた馬場さんだ。

後部座席とトランクルーム一杯に詰め込んだ荷物を運転手と一緒にロビーに運び、その後に部屋まで運ぶのも手伝ったそうだ。海外旅行にも使えそうなスーツケースが二個、それ以外にも段ボールや紙袋、エコバッグに入った荷物があったと聞いている。予約は一ヶ月。前金として一週間分を自分名義のクレジットカードで支払った。

その後も、お腹が減った、喉が渇いた、スイーツが食べたい、でも外に出るのが怖いと訴えられて、馬場さんが代わりに三度もコンビニへ買い物に行ったらしい。それから部屋に虫がいると言われて、殺虫剤を持って退治にも。

馬場さんは文句も言わず、頼まれたことはすべてしたという。

居丈高《いたけだか》だったり、我儘《わがまま》な客を相手にしても、平常心でニコニコしながら接客するのが馬場さんのいいところだ。還暦間近で、ホテルスタッフの最年長なのに、偉ぶった態度を取らないところも後輩から好かれる要因になっている。

だから気ままな行動を取っても文句が出ないし、困っているなら助けようという気にもなるわけだ。

美晴には、馬場っちと呼ばれて、それからも顔を合わせるたびに頼まれ事をされていたそうだ。しかし、それがうつ病の理由とも思えない。

「というか、あの時はまだ普通だったんですよ。黛さんの我儘にもつきあって、ニコニコしていたんです。様子がおかしくなったのは最近、ここ一週間ばかりのことなんです」

「婚約破棄だって数ヶ月前のことだしな。やっぱり俺たちにはわからない理由があるのかな」と笠井さんは首をかしげる。

「理由を考えても仕方がありません。とりあえずはこのまま見守りましょう。もし何か変わったことがあったら教えてください。状況を見て、どうするか相談しましょう」

くるみの言葉に、爽太と笠井さんは神妙に頷いた。

2

翌週、馬場さんは二回続けて仕事を休んだ。

電話を受けたくるみによると、今までにないほど沈んだ声を出していたそうだ。理由は体調不良。発熱はしていないが、だるくて起きられないとのことだった。

こんなことははじめてだ。くるみと笠井さんと相談した結果、時間に都合のつく爽太が馬場さんのアパートを訪ねることにした。

夜勤明けの水曜日。馬場さんの携帯に電話をかけて、お昼過ぎに行くと伝えた。

最初、無料通話アプリで連絡したが、送ったメッセージには既読のマークがつかず、電話をかけても応答がなかった。それでもしつこくかけ続けていると、ようやく応答があった。電話に出た馬場さんの声は、これまでに聞いたことがないほど元気がない。

これから行きます、と言っても、そんなことはしなくていい、と弱々しく言うだけだ。そのやりとりに逆に心配が募って、五分でもいいから話をさせてください、と半ば強引に押し切った。

その日は朝から天気が悪かった。季節外れの台風が来ているそうで、強風にあおられて横殴りの雨が降っている。深夜には伊豆半島に上陸して、そのまま北上するルートを取りそうだ、と天気予報で言っていた。そうなれば毒消し山荘も影響を受けるだろう。あんなことはあったが土砂崩れとかは大丈夫かな。他人事ながら心配になる。

馬場さんのアパートは門前仲町《もんぜんなかちょう》にあった。

駅前のコンビニでプリンを買って、アパートへの道を辿る。駅から歩いて五分ほど、掘割にかかった鉄橋のたもとにある木造の建物の三階だ。過去に数回、飲み会の後に泊めてもらったことがある。着いた時にはびしょびしょになっていた。濡れた髪や服をタオルで拭いてから、馬場さんの部屋のブザーを押す。

すぐにドアが開く気配はなかった。繰り返しブザーを押したくなる気持ちを抑えて、辛抱強く待ち続けた。うつ病になると、それまで普通にできていたことができなくなったり、倍の時間がかかったりすることがあるそうだ。だから色々なことに反応が遅くても、決して急かしたりしないように、とくるみに注意を受けていた。

数分待って、ようやくドアが開く。

ぼさぼさの髪で、頬《ほお》や顎《あご》が無精ひげに覆われた馬場さんがドアの隙間から顔を覗かせる。

「……来たのか……雨の中、悪かったな。まあ、あがってくれ……散らかっているけどな」

「すみません。いきなり押しかけて」

部屋に足を踏み入れて驚いた。1DKの部屋にはあちこちゴミの山ができている。以前来た時はきちんと片付いていたはずだ。しかし今は弁当や冷凍食品の空き容器、飲みかけのペットボトル、サプリメントや健康食品の袋、ダイレクトメールや請求書、新聞や業者のちらしが雑然と散らばっている。ダイニングにテーブルがあって、馬場さんはその前に座り込む。雑然と積まれた新聞や雑誌を動かして、爽太も隣に腰をおろした。

「体調はどうですか」

「……よくないな」

「どういう感じなんですか」

「……だるくて、何をするにもやる気が起きない。こうして起きているのも面倒だ」

「熱はないんですよね」

「……ないよ。咳や鼻水もないから、風邪やコロナじゃないだろう」

「もし辛かったら、横になってもいいですよ」

「……いや、いい。横になっても楽になるわけじゃない」

馬場さんはうつむきながら、ぼそぼそと口にする。過去に仕事場で見せていた快活な様子はどこにもない。

「……すまんな。急に休んで。迷惑をかけた」

「調子が悪いなら仕方ないです。僕も旅行のときに都合でシフトを代わってもらいましたから、気にしないでいいですよ」

「……あの時はよかったんだ。でも今は何をするにも気力が湧かない」

「ずっと家にいて、どうしているんですか」

「……こうしてぼうっとしているだけだ」

「馬場さんにしては珍しいじゃないですか。仕事を休んでも、雀荘とかギャンブル場には行っているのかと思いました」

冗談で言ったつもりだが、馬場さんの表情は変わらない。

「……それも興味がなくなってな。金がなくなるだけだし、どうしてあんなことを面白いと思っていたのかもわからない」

「お酒も飲んでないんですか」

「……飲んでも美味しくないんだよ」

「糖尿病はどうなんですか。食事療法をしていましたよね。今はもうしていないんですか」

弁当の空き箱に目をやった。どこにでもあるコンビニの弁当だ。

「……それもどうでもいいような気がしてな。死んだら死んだでそれでいい……というか、早く死にたいと思っている」

さすがに聞き逃せない言葉だった。しかし馬場さんも自分でそう思ったのか、

「……今のは冗談だ。そのうちによくなるだろうから、あまり心配しないでいい。来週には仕事に復帰できる……と思う」と弱々しく口にした。

この状態では、はい、そうですか、とは頷けない。家にあがって以後、馬場さんはまだ一度も爽太と目を合わせていない。じっと俯いているだけなのだ。こんな馬場さんは見たことがない。

しかしそれを言っても、

「……俺ももうすぐ還暦だしな。年のせいだ。仕方ないよ」とあきらめたように言うだけだ。

「そんなことはないですよ。まだまだこれからじゃないですか」

「……昔なら、赤いちゃんちゃんこを着て祝ってもらうような年だぞ。それなのに実

際に成し遂げたものは何もない。家族もいなけりゃ、仕事も中途半端。自慢できるようなものは何ひとつない。あらためてそれを思ったら落ち込んじゃってなあ。俺の人生って何だったんだろうと考えていたら、自分で自分が情けなくなってな」

それでどんどん落ち込んできちゃったんだ、と馬場さんはぼそりと言った。

その声は聞いたことがないほどに暗かった。馬場さんのような楽天的な人は、うつ病からは遠い位置にいるものだと思っていた。元気がないことを心配しながらも、心のどこかではたいしたことはないだろうと考えていた。それが思い違いだったことにあらためて気がついた。くるみの心配は当たっていた。これはもっと真剣に向き合わないといけない問題だ。

爽太はその場に座り直した。

「なんだか馬場さんらしくないですね。変ですよ。自分でそれはわかりますか」

「……まあ、そうかな。でも自業自得だし仕方ない」

「自分のせいとかいう問題じゃないですよ。このままだと仕事もできず、苦しくなるだけです。医者に診てもらうべきだと思いますが、どうですか」

「……医者って、どんな医者に行くんだよ」

「心療内科か、あるいは神経科とかですね」

「……心の病気っていうことか」

「そうですね」

もしかしたら反発されるかと思ったが、馬場さんは弱々しく首をふるだけだった。

「……医者は嫌だ。好きじゃない」

「診察を受ければ薬を出してもらえます」

「薬も嫌いだ。飲みたくない」

いまの台詞、毒島さんが聞いたら何というだろう。そんなことを爽太は心の隅で考えた。

「それならカウンセラーとか、役所の相談所とかはどうですか」

医者に行くのを嫌がるようなら、そういう提案をしてみてください、とくるみに言われていた。

「……そういうところに行っても体調がよくなるとは思えない」

「このまま放っておいても同じですよ。逆に悪化するかもしれません」

「……それでもいいよ。治りたいとも思わない。このまま消えてなくなりたいと思うだけだ……」

何事にもあっけらかんとして、お気楽だった馬場さんの言葉とは思えない。話をするほど、放ってはおけないという気持ちが強くなる。

「そんなことを言わないでください。馬場さんらしくないですよ」

「……俺らしさなんて、もともとないよ。何の取り柄もない人間なんだ。これまでは空元気を出していただけだ」

何を言っても手ごたえがない。

「じゃあ、漢方薬はどうですか。前に会った宇月という薬剤師の人、いまは新宿の漢方薬局に勤めているそうです。そこで相談してみませんか」

「……宇月……ああ、下北沢《しもきたざわ》で会った人か」

下北沢には馬場さんの元婚約者の自宅があった。そこで催された婚約披露パーティーで二人は言葉を交わしている。

「漢方薬は、西洋医学とは別のアプローチで病気の治療をするんです。自然由来の薬草が原料ですから、体に優しく、強い副作用もないはずです」

聞き齧《かじ》った知識を口にする。

「……漢方薬で体調がよくなるのかな」

「断言はできませんが取りあえず相談に行ってみませんか」

「……外出するのも疲れるんだよな」

「付き添いますよ。家の車を借りて、薬局まで送ります。宇月さんは信用できる薬剤師です。話をして損はないと思います」

三十分ほどかけて説得したが、快い返事は聞けなかった。次第に馬場さんがぐったりしてきたので、仕方なく切り上げることにした。

「また来ます。だから欲しい物や必要な物があったら言ってください」

立ち上がったが、馬場さんは目をつむったまま返事をしなかった。

3

「えー、馬場っち、いないの？　せっかくお土産買ってきたのに」

夜のフロントに甲高い声が響き渡る。美晴だ。ストレートの黒髪、青いシャドウ、赤い唇、血色感のない白い肌。フリル多めの黒いワンピースに、蝙蝠《こうもり》のような形の黒いポーチを肩からさげている。二十代半ばながら、ティーンエイジャーでも通りそうな格好だ。

「最近、ずっといないけどどうしたの？　出張？　病気？　事故？　それともクビになったとか？」

カウンターに乗り出すようにして矢継ぎ早に質問する。吐く息にはアルコールの臭いが混じっている。

「本人の都合なので理由はわかりません」爽太は答えた。

「もしかしてどこか悪いとか？　それならいい薬を持っているよ。たくさんあるから分けてあげようか」とさげていた黒いポーチに手をかける。

「馬場っちにはお世話になっているから、こういうときにお返ししなくちゃね」

ポーチの中身を出そうとするのを、慌てて爽太は押しとどめた。

「病気ではないので大丈夫です」

「じゃあ、次はいつ来るの？」

「それはまだわかりませんが」

「そんなの困る。馬場っちにお願いしたいことがあったのに。お願いだからいつ来るか教えてよ」

美晴は子供のように頰を膨らませる。馬場さんが心配というよりも、お願いごとができないことに困っているわけか。

「私にできることなら、代わりにいたしますが」

「本当に？　よかったあ。実は指輪を部屋でなくしちゃって、それを探すのを手伝ってほしいんだ」

美晴の部屋はシングルだ。普通に考えれば、失《な》くし物をするほどに広くない。ただしチェックインの際に大量の荷物を運びこんでいる。そしてその後もオンラインショッピングをしているようで、宅配便が毎日のように着いている。そこに紛れたなら見つけられないこともあるだろう。

「わかりました。お手伝いするのは明日の午前中でいいですか。十時を過ぎれば手が空きますから」

「うん。用意ができたら電話するね」

美晴は笑顔で立ち去りかけて、

「そうだ。これ」と持っていた紙袋を爽太に差し出した。

「馬場っちがいないなら、みんなで食べて。SNSで美味しいって評判のどら焼きだよ」

近所にある老舗の和菓子屋の紙袋だった。人気が出たことで、最近は買うのにも行列ができている。

「ありがとうございます」紙袋を受け取って頭を下げる。

「いいの、いいの。気にしないで。でも神楽坂っていい街ね。お洒落で、美味しい食べ物屋さんがたくさんあって。テレビで見て、ここに来たんだけど大正解だった。やっぱり家出をしてよかったよ。一人になれて、美晴はいまが一番幸せだって感じるよ」

上機嫌に喋りまくってから、美晴はエレベーターで部屋に戻った。

翌朝、チェックアウト業務が一通り終わった後、その話を日勤のくるみと落合《おちあい》さんにした。落合さんは爽太の二歳上、体育会系のさばさばした性格の女子社員だ。

「あそこのどら焼き、高いのよね。厳選した材料から手作りしているから、コンビニで売っているものの三倍くらいはするはずよ」

美晴の差し入れに喜びながらも、落合さんは困惑したような顔をした。

「前もゴディバのチョコレートとか、千疋屋《せんびきや》のフルーツゼリーとかを差し入れてくれましたよね」とくるみが頷く。

「嬉しいけれど、こう頻繁に高価な品をもらうとね」

申し訳ないし、同時に警戒する気持ちも湧いてくる、と落合さんは口にする。

「ホテル暮らしなのに、宅配便やフードデリバリーがどんどん届くし、毎日のようにどこかに出かけているし、本当に優雅な生活よね。動画配信で稼いでいるって言っているけど、どれくらい儲かるものなのかしら」

美晴の身上はフロントスタッフの誰もが知っていた。噂話《うわさばなし》が広まったわけではなく、顔を合わせるスタッフ全員に美晴が話をしているからだ。

「どうなんでしょうか。実際にどんな動画か見たことがないですし」

家出するにあたって、あげていた動画はすべて消したそうだ。落ち着いたらまたはじめるつもりと本人は言っている。

そんな話をしていると内線電話が鳴った。美晴だ。爽太が取ったが、起き抜けなのか眠そうだ。気を使って、女性スタッフがいいなら代わりに行かせますが、と提案してみた。

しかし美晴は、男性で構わない、と答えた。

それでくるみと落合さんに後を任せてフロントを離れた。エレベーターで三階に上がると、客室係の責任者である中野《なかの》さんとばったり会った。

失くした物を探すために三〇四号室に行くところだと言うと、中野さんは真顔になって、

「そういうことなら、お願いがあるんですけど」と切り出した。

「実は、あの部屋、チェックインの後一度も掃除に入ってないんです」

「一度もって、この三週間まったく掃除していないってことですか」

「荷物が多いので、掃除もベッドメイクもなしで、タオルと寝間着の交換だけすればいいという話だったんですが、今ではそれさえもしていない状態で……」

二泊や三泊の宿泊なら、そういう依頼は珍しくはない。しかし三週間となると話は別だ。部屋の中がどれだけ汚れているか、責任者として気を揉《も》んでいることだろう。

「最近では、ゴミもあまり出していないんです。生ゴミこそ出してくれますが、それ以外はさっぱりで、宅配便やフードデリバリーのゴミがたくさん溜まっていると思います。なんとかしたいと思って、馬場さんに話をしてもらうように頼んだんですが、わかった、訊いてみると言ったきり、どうなったのか連絡がなくて――」

その後に体調を崩して休んでしまったのだ。中野さんからそんなことを頼まれてい

たという話もはじめて聞いた。その頃から、すでに仕事に集中できない状態だったのだろう。

「わかりました。部屋の中を見て、ゴミがあったら出してもらうように言います」

「お願いします。ずっと掃除をしてないと後が大変なんですよ。特にトイレとバスルーム。汚れや水垢《みずあか》、カビが発生したら、綺麗にするのに手間がかかります」

中野さんの視線を背中に感じながら、三〇四号室のドアをノックした。

ドアが開いた。黒いスウェットの上下を着た美晴が腫れぼったい顔で立っている。メイクはしていないが、それを気にする様子はない。

「おはようございます」

挨拶をして、さりげなく部屋を覗き込む。想像以上のありさまだ。洋服と靴、化粧品、美容器具、日用品、そして大量のゴミがあふれている。

入ってすぐの床には何足もの靴が乱雑に積み上げられている。隣にはスーツケースが置かれて、その奥にはワンピース、スカート、ブラウス、カーディガン、セーター、パーカーなどが積み重なった服の山が複数できている。壁のフックにはジャケットやシャツ、コートやダウンがぶらさがり、サイドテーブルやテレビ台には化粧品の瓶やチューブ、スプレー缶、プラスチック容器がごちゃごちゃと置かれて、ドライヤーやブラシ、ビューラー、T字カミソリなどが埋もれている。

弁当やフードデリバリーの空容器、お菓子の空き箱、ペットボトルや空き瓶なども目についた。どこからか腐敗臭が漂い、それを気にしてなのか、アロマポットを使ってアロマを焚いた跡もある。

馬場さんの部屋以上にひどいありさまだ。

爽太が呆然としていると、どこからか濃密な臭いが漂ってきた。美晴が、窓際の椅子に腰かけて電子タバコを吸っている。

「散らかっていてゴメンね。昨日の夜も探したんだけど見つからないの」

けだるそうに美晴は言った。さすがに起き抜けは大人しいようだ。しかしここから指輪を探すのか。考えると気持ちが萎えていく。

「……どこでなくしたか、心当たりはありますか」

期待しないで訊いてみる。

「わかんない。探せるところは探したんだけど」

探せるところがどこなのかも訊く気になれない。美晴の様子から察するに、一緒に探すつもりはないようだ。もっとも二人で探すには荷物の量が多すぎる。大きく息を吸って、どこから取りかかるかを考える。やはり部屋の端からはじめるのが効率的だろう。

「じゃあ、はじめます」

まずは靴の中をあらためる。床に膝をついて、積みあがった靴を一足ずつあらためる。中敷きを抜き出し、逆さにして振ってみる。異臭が鼻をついたが、作業を続けているとすぐに慣れた。

五感の中でも嗅覚は脳にダイレクトに伝わる、という毒消し山荘の咲良の話を思い出す。

人間の脳と嗅覚の仕組みが関係しているらしいが、こんな異臭を嗅いでも特に思い出すことはない。

……いや、あるか。

失くし物を探すために部屋のゴミを確かめたことが過去にもあった。ステロイド剤が部屋から紛失したというクレームを受けた時、それと自分がどこから来たのかわからなくなった老女の持ち物を探した時だ。そんなことを考えながらも機械的に手を動かした。

スニーカー、パンプス、ブーツ、厚底サンダル、厚底ブーツ。どこにもない。

スーツケースは鍵がかかっているので、服の山に手をつける。山を崩して、からみあって、塊になっている服を一枚ずつ広げて、中に紛れ込んでいないか、引っかかっていないかを確かめる。調べ終わった服は畳んで、横にしたスーツケースの上に置いていく。

山の半分を調べたが見つからない。ここになければ次はベッドだ。シーツをはがして、マットレスをひっくり返し、底板をあげて下を確かめる。さらにサイドテーブルのまわりを見る必要もあるだろう。ハンガーの服も確かめ、それでも見つからなければ、最後はユニットバス。すべて調べ終わるまでに、どれだけの時間がかかることだろう。

それを考えるとめまいがしたが、幸いなことに服の山の最下層で探し物は見つかった。白いカーディガンのポケットに入っていたのだ。プラチナらしい銀色の指輪だ。

「そんなところにあったんだ。見つけてくれてありがとう！」

美晴が本気で喜んでくれたので、とりあえず苦労は報われた。用事は済んだが、部屋を去る前にするべきことがある。

「ゴミが溜まって部屋が狭くなっているようですね。さしつかえなければいらない物を捨てましょうか」

積み上げてある段ボールやフードデリバリーの空き箱を指さした。いらなくないよ、必要だよ、と言われたら面倒だと思ったが、「お願い。いつの間にか溜まって困ってたんだ」と美晴はあっさり言った。

すぐに段ボールや紙類、ビニール袋、緩衝材、その他にいらないものをまとめて部屋の外に出す。

「お風呂場にも色々あるんだよね」

「わかりました。それも捨てましょう」

許可を得てユニットバスのドアをあける。中には段ボールが積み上げてあった。トイレは使えるが、バスタブはお湯を張ることも、シャワーを使うこともできない状態だ。中野さんの心配は杞憂《きゆう》で済んだが、すべてを部屋から出そうとすると美晴に止められた。

「中身が入っている箱もあるから、全部捨てちゃダメ」

「でもこの状態ではお風呂もシャワーも使えないのでは」

「そうなんだよね。お風呂が使えないから、今は銭湯に行っているんだけど、お金もかかるし面倒でさ」

美晴は見つかった指輪をもてあそびながら、「もっと広い部屋に移りたいんだけど、そういう部屋って空いてる？」と爽太の顔を見た。

「また動画の配信をはじめたいんだけど、この部屋の状態だとさすがに無理だし。もっと広い部屋がいいんだけど、そういう部屋って高いかな」

「ツインの部屋を一人で使うなら、シングルユースという方法もありますよ」

「それっていくら？」

爽太は料金を口にした。

「それくらいなら大丈夫。これからすぐに移れるの？」

「確認します。内線電話をお借りしますね」

フロントに電話をして空き状況を確かめた。同じ階のツイン、三一四号室が未使用のまま空いていた。それを伝えると、美晴は乗り気になって、そのまま爽太が荷物を移動することになった。

美晴が衣類や小物をまとめている間、爽太は一階からカートを持ってきて、中身の入っている段ボールやスーツケースを積み込んだ。そのまま荷造りの終わった荷物やハンガーにかかった衣類を次々に移動する。

何往復目かで三〇四号室に戻った時、黒いポーチが床に落ちているのに気がついた。口がしっかり閉まっていなかったために、ハンカチやウェットティッシュがはみ出している。拾おうとして、薬のＰＴＰシートが交じっているのに気がついた。薬は二種類あって、それぞれ初めて見る名前がついていた。

そういえば以前、馬場さんに薬を分けてあげようか、と言っていた。これは見ないふりをした方がいいだろう。ポーチをそこに戻して、荷物を運び出す作業に戻った。

一時間ほどで荷物の移動は終わった。

美晴は大袈裟な言葉で感謝の気持ちを表して、一緒に食事に行こうよ、と爽太を誘った。さすがにそんな誘いは受けられない。それには及びません、と辞退したが、美晴はなかなか折れなかった。

「いいじゃない。行こうよ。私ここに来てから、ずっと一人のご飯で寂しかったんだよね。指輪を探してくれたり、荷物を片付けてくれたお礼もあるし、たまにはお酒を飲んで、ぱあっと騒ごうよ。あっ、昼間からそれはよくないか。私は気にしないけど、気にする人もいるもんね。じゃあ、夜にする？　今日、それとも明日？　私はいつでもいいから、好きな方を選んでよ」

仕事が忙しいと理由をつけて、なんとか断り、三〇四号室の掃除を中野さんに頼んで、爽太はその日の仕事を終えた。

とっくにお昼は過ぎていた。ぐったりした気分でタイムカードを押す。

腹が減った。どこで昼食を取ろうか。風花に行ってナポリタンを食べようかな。そんなことを考えながら通用口を出る。表にまわる道を歩いて、あれっと思った。正面玄関の脇の植え込みの陰に中腰の人がいる。襟に毛皮のついた、黒いジャンパーを着た小太りな男だ。人目を避けるように身を縮こまらせていたが、爽太に気づくと、顔を伏せて、慌てたように小走りで、反対側に去っていく。

なんだか気になって、男のいた場所に立ってみた。植え込みのヒバの木の隙間から、ホテルを出入りする人影が見える。もしかして人の出入りを見張っていたということか。でも何のため？　自然と美晴のことが思い浮かんだ。もしかしてあの男がモラハラ夫ということか。

もう一度、道の向こうに目をやった。すでに男はいなくなっていた。

4

馬場さんから連絡があったのは、その夜のことだった。

『このままじゃ無理みたいだ。お前のすすめる漢方薬局に行ってみたい』

そんなメッセージが無料通話アプリに入っていた。

翌日、毒島さんから聞いていた漢方薬局に電話をかけた。幸いにも宇月がいて、二日後の午前中に予約が取れた。

その日は夜勤で、午前中は空いている。父親から借りた車に馬場さんを乗せて、新宿に向かった。

宇月の勤める漢方薬局は、花園《はなぞの》神社の近く、大通りから入った路地の一角にあった。シンプルな外装で、ガラス張りで店の中が外から見える。〈なつめ堂〉という店名と一緒に、『相談無料・どなたでもお気軽にお立ち寄りください』と書いた看板が入口に置いてある。

自動ドアから中に入ると、「いらっしゃいませ」と受付の女性に声をかけられ、予約を告げると待合室に通された。待合室はゆったりした作りで、大きなソファが置かれていた。壁際には生薬を詰め込んだ円筒状のガラス瓶がディスプレイされている洒落た作りになっている。

しばらくすると奥に呼ばれた。仕切りで区切られたカウンターが三つあり、そのひとつに白衣を着た宇月がいた。

「いらっしゃいませ。お久しぶりです」

宇月に会うのは七月以来だった。屋久島と沖縄に行ったためか、すっかり日焼けをしているが、他に変わりはないようだ。

「体調がすぐれないとのことですが、どういったことでお悩みですか」

カウンターをはさんで腰かけると、宇月は穏やかな声で質問した。

馬場さんは何も言わずに、ちらりと爽太の顔を見た。ここに向かう車の中で、代わりに話をしてくれと頼まれていた。だるくて、話をするのも面倒だというのだ。

「実はですね――」

馬場さんに代わって、ここまでの経緯を説明した。宇月は短い相槌《あいづち》を打ちながら、ノートにメモを取っている。

「なるほど。お辛そうですね」

一通り話を聞いた後で、宇月は馬場さんに話しかけた。

「以前お会いしていますが、あらためて自己紹介をします。僕は宇月啓介《けいすけ》といいます。薬剤師で、ここでは漢方薬を使った体質改善の相談を受けています。今日は気持ちを楽にする漢方薬をお奨めするということでよろしいですか」

「……こんな状態に効く漢方薬ってあるのかな」

馬場さんがぽつりと言った。

「前にも少しお話ししましたが、現代医学はまず病名を探って、その病気を治療するための薬を処方します。しかし漢方医学は望診《ぼうしん》・問診《もんしん》・聞診《ぶんしん》・切診《せつしん》という四つの方法で、患者さんの体のバランスを探ります。そうした後で、患者さんにあった治療方針を決めるんです。患者さんの身体のバランスにあった薬を出して、その後の身体の変化を観察しながら、薬の配合や分量を変えていくというやり方です」

「……なんだか難しいな。その望診とか、問診とかって何なんだ」

「望診は目で患者さんを見る方法です。問診は患者さんが自覚する症状を聞き取る方法で、聞診は話し方、声の大小、呼吸状態などから状態を診断する方法。そして切診は直接、患者さんの体に触れて診断する方法です。ただし薬剤師は患者さんの体に触れて診療はできません。ですから、ここではその方法は取りません」

宇月はゆっくりと説明した。

「この四診で得た情報をもとに弁証論治《べんしょうろんち》を行います。同じ症状、疾患であっても個人の体質や状態によって証が異なり、治療法も変わるというのが漢方医学の基本です。四診で集めた情報をもとに、その患者さんの証を決めるのが弁証論治です。以前、お会いした時、その話をしたのは覚えていますか」

「……ああ。舌を見せろとか言われたな」馬場さんは小さく頷いた。

「そうです。あのときの馬場さんは腎陰虚《じんいんきょ》の可能性がありました。腎陰にくらべて腎《じん》陽《よう》が不足している状態が腎陽虚で、逆に腎陽にくらべて腎陰が不足している状態が腎陰虚です」

「……よくわからないが、その証にあった漢方薬を飲めばいいってことか」

「ところが証は、その時によって変わるんです。よって現在の証を調べないと正しい薬は出せません」

「……面倒だな」

「そういった本来のやり方とは別に、漢方薬を頓服として使う方法もあります。風邪の引きはじめには葛根湯、足が攣《つ》った時には芍薬甘草湯、女性の更年期障害に加《か》味逍《みしょう》遥散《ようさん》を服用するという方法です。抑うつ状態を改善するためには、気の滞《とどこお》りを解消する気剤《きざい》を使います。半夏厚朴湯《はんげこうぼくとう》は不安や緊張、抑うつ、不眠、動悸《どうき》などの症状に効果があり、柴胡加竜骨牡蛎湯《さいこかりゅうこつぼれいとう》は不安、焦燥、不眠、動悸などの症状を改善します。馬場さんが現在、飲んでいるお薬やサプリメントはありますか」

宇月の質問に馬場さんは首をふる。

「……いや、特にない」

やはり体がだるそうだ。

「前にお会いした時よりも、痩せたようですね。あまり食事も取れない状態ですか」

「……何を食べても美味しくないんだ。それに食べること自体が面倒でね」

「仕事を休んでいるそうですね。漢方薬は初期のうつ病には効果がありますが、中度から重度になると改善は難しくなると言われています。いまの状態をお見受けする限り、漢方薬を服用するよりも早めに専門医の診断を受けた方がいいように思いますが」

あくまでも柔らかな口調で宇月は言葉を続けた。

「考えてみる気にはなれませんか」

「……医者が嫌なんだ。薬もな」

馬場さんは同じ台詞を繰り返す。

「お医者さん全般が嫌なんですか。それとも精神科のお医者さんにかかるのが嫌ですか」

「……」

宇月の質問に馬場さんの顔が少し強張った。

何かを言いたそうに口をもごもごさせたが、はっきりした言葉にならない。

「精神科や神経科、心療内科と聞くと嫌がる方も多いですが、今は専門の病院やクリニックも綺麗で、いい先生が多いですよ。副作用が少ない、いい薬も色々と出ています。不安があれば相談に乗りますから、一度診察を受けてみてはどうですか」

宇月の言葉に、馬場さんは居心地が悪そうに体をもぞもぞと動かした。

「……実はさ」

「なんでしょう」

「……昔、神経科にかかったことがあるんだ。うつ病で……」

えっ、と声を出しそうになって呑み込んだ。信じられない思いで馬場さんの顔を見る。

「……もう、三十年くらい前の話だよ。最初の結婚がダメになって、二歳の子供を連れて嫁さんが家を出ていった後だ。離婚にいたるまで色々あって、それで俺は疲れ切っていた。離婚の原因は俺にある。といっても浮気じゃない。家庭を顧《かえり》みなかったことが原因だ。ホテルの仕事で夜も家にいないことが多いのに、仕事が終わっても、すぐに家に帰らず、遊び歩いていた」

馬場さんはそこまで言うと口をつぐんだ。宇月は何も言わずに黙っている。沈黙の後で馬場さんはまた話をはじめる。

「……そりゃあ、嫁さんも怒るよな。いまになればそう反省もする。でも当時はそんなことを考えることもなく、男には男の付き合いがあるんだって、突っ張っていた。それで堪忍袋《かんにんぶくろ》の緒《お》を切らした嫁さんが、子供を連れて実家に帰ったというわけだ。俺はそれでも真剣に考えなかった。頭が冷えれば帰ってくると思い、独りになってせいせいした、これで好き勝手ができるって喜んだ。まわりの人間にも、笑い話として吹聴《ふいちょう》したよ。子供が生まれたのに、遊びまわっていたら、嫁さんが怒って家出したってな」

そこで馬場さんは自嘲《じちょう》するように笑い声を漏らした。

「……非難されることはなかった。いかにも馬場らしいって逆に褒められた。男なら外で遊ぶのが当然だ、嫁さんに逃げられたのは勲章だ、そんな考え方が男らしいとまわりも思っていたんだな。そのうち帰ってくると俺も能天気に思っていた。でも嫁さんは帰ってこなかった。数ヶ月して実家から離婚届が送られてきたよ。そこではじめて慌てたわけだ。しかしすべては後の祭りだった。電話をかけても出てさえくれない。実家に帰った時、すぐに追いかけて、土下座してでも詫《わ》びるべきだったたって、離婚した後で同僚に言われたよ。嫁さんが出て行ったと言った時に、いかにも馬場らしいって笑っていた奴《やつ》が、後になってそんなことを言うんだぜ。腹が立ったが、しょせんは他人事なんだ。そんな言葉にいい気になっていた自分が馬鹿だったたってことだ。そのまま離婚したが、その時もまわりにはただ強がった。内心はすごくへこんでいたんだけど、いまさら泣き言は言えなかった。家に帰るのが嫌で、酒を飲んでも酔えなくて、次第に何をするのも億劫《おっくう》になってきた」

馬場さんはそこまで言って、大きく息を吐いた。受付の女性がペットボトルのお茶を人数分持ってきた。

「どうぞ」と言われて馬場さんは手を伸ばしたが、手に力が入らないのか、キャップをあけられない。

「やりますよ」

爽太が横から手を出して、蓋をあけた。

「……悪いな。手に力が入らなくてさ」

手渡したペットボトルを持つ手もおぼつかない。

舐《な》めるように一口飲んで、二度三度と口をつける。ふうっと息を吐いて、

「……仕事に行く気力もなくなって、一週間ばかり家で寝ていた。そうしたら会社から無断欠勤の連絡を受けた兄貴が飛んできて、そのまま病院に連れて行かれたよ。その時にうつ病と診断されたんだ。今でこそポピュラーな病名になったけど、当時は世間の風当たりが強くてな。職場にも居づらくなって、退職して兄貴の世話になった。何種類も処方された薬も副作用が強くてさ。眠くて、頭に霧がかかったようになるんだよ。物事を深く考えられなくなって、衝動的な行動を取ることもあった。街を歩い

ていて、肩が触れた相手から文句を言われて、そのまま喧嘩になったこともある。相談しても、医者も薬剤師も不親切でさ。処方が気にいらなければ他に行けと医者は言うし、薬剤師だって飲み方の説明をする以外には何も教えてくれないんだ」

それを聞いて、さすがに口をはさみたくなった。

「そんなことがあるんですか。服薬指導は薬剤師の重要な役割だと、毒島さんから聞きましたけど」

「それは医薬分業が完全施行された後の話です」と宇月が答えた。

「三十年前というと、九〇年代のはじめ頃。すでに医薬分業という制度はあったけど、いまほど浸透はしていなかったんだと思います。当時の厚生省が完全分業を指示したのが九七年。だから馬場さんのかかった病院では、おそらく院内処方をしていたんでしょう。先輩の薬剤師から、当時の話を聞いたことがありますが、今では信じられないようなことも行われていたようですよ。たとえば薬の名前を隠して患者に渡して、副作用も一切説明しないとか」

「薬の名前を隠すって、どうしてそんなことをするんですか」意味がわからずに爽太は訊いた。

「患者に余計な情報は必要ない、医師の処方した通りに薬を飲めば病気は治る、そういう考えのもとで治療を行っていた医師が少なからずいたんです。そして薬剤師もそれに沿った行動を求められていた。いまのような医療体制ができたのは、ここ二十年ばかりのことなんです。だから高齢の医師や薬剤師には、いまだにその頃の感覚で患者に接する人もいたりする」

そこまで言って、宇月は困ったように馬場さんの顔を見た。

「すみません。話の腰を折ってしまって」

「……いや、いいよ。逆にあなたが当時のことを知っているとわかって、ほっとした。いまはうつ病といっても、そこまで社会的には疎外されないけれど、当時は精神異常者のような扱いをされたこともあったからね。仕事の面接で、過去にうつ病にかかったことを言ったら、その場で不採用を告げられたこともある。だからうつ病にかかったということは、ずっと隠して生きてきた。言ってはいけないことだと思っていたんだ」馬場さんは息を吐く。

「それで医者も薬も嫌だって言っていたわけですか」

爽太は納得してつぶやいた。

「……まあ、そういうことだ」

「でも当時と違って、いまは医師も見識が深くて、親切な人が多いですよ」と宇月が優しく言う。

「……それはわかるが昔の記憶が強くてね。病院と聞くと身がすくむ」

馬場さんは自嘲的に言って、

「……まさかこの年になって、またうつ病にかかるとはな。まったく面目ない次第だよ」

「そんなことないです。今年になって色々ありましたから、それは仕方ないですよ」

爽太は慰めるつもりで言ったが、馬場さんは首をふった。

「……還暦間近になって、ついつい自分の来《こ》し方行《かたゆ》く末《すえ》を考えて、ここまでに成し遂げてきたものが何もないことにあらためて気がついた。ただ酒とギャンブルに逃げていた人生だったと思ったら、何もかもが空《むな》しくなって、でもそれを抑えて、なんとかやってきたんだよ」

でも、あの黛って客と会って落ち込んでね、と馬場さんは言った。

「黛さんと何かあったんですか」爽太は驚いた。

「……何もないよ。あるはずがないだろう」と馬場さんは笑った。

「……ただ年恰好《としかっこう》が娘に似ていたんだ。家を出て行った後は会ってないが、写真は何度か送られてきた。最後に見た写真は成人式のものだな。振袖とスーツを着た写真が二枚。そこに健康祈願のお守りがついていた。それから仄《ほの》かに香水の匂いがしたんだ。その匂いが彼女のつけていた香水と似ていたんだよ。黛を見て、香水の匂いを嗅いだら、とたんに当時のことが頭に蘇ってな。胸が苦しくなって、家に帰っても、昔のことばかりを思い出すんだよ。あの時にああすればよかった、こうすればよかったという後悔ばかりが渦巻いて、それで自分自身が嫌になってきた」

プルースト効果だ。ああ、そうか。いい方面ばかりでなく、悪い方面に影響が出ることもあるわけか。

「……寝ていても昔のことを夢に見て、朝、布団から起き上がるのがどうにも辛いんだ。あの時と同じだ。またうつ病になったと思ったよ。もうあの時と同じ思いはしたくない。だからうつ病じゃない、そう診断されたくないと思って、お前に言われても医者に行くのを嫌がったんだ」

どんなに具合が悪くても、医師に診断されなければうつ病ではない。そんな理由をこじつけて、自分を無理矢理に納得させていたそうだ。

話を終えた馬場さんは、洟《はな》をすすりながら、椅子の背もたれに体を預けた。目にはじんわりと涙が浮かんでいる。

「辛い思いを話してもらってありがとうございます」

宇月は口調を変えないで、穏やかに頭をさげた。

「うつ病と診断されることがそんなに嫌ですか」

「……ああ、薬を飲むことになるからな」

「薬の何が嫌ですか」

「……気持ちが悪くなるし、自分で自分の行動を制御できなくなる」

「うつ病の薬も三十年前よりは進歩しています。当時は三環系や四環系のうつ病治療薬が主でした。でも今ではＳＳＲＩなど、効果もマイルドで副作用の少ない薬が使用されています。昔より治療も楽なはずですよ」

他にもＳＮＲＩやＮａＳＳＡなどがあります、と宇月は抗うつ薬の説明をかいつまんでした。漢方薬のみならず、処方箋医薬品の説明もできるのが宇月のいいところだ。

話の途中、気になる内容があったが、爽太は口をはさまず黙っていた。とりあえず話の腰を折るようなことはしたくない。

「薬のことも含めて、患者さんの話をきちんと聞いてくれるお医者さんを紹介しますよ。まずは話をして、その先生が信頼できると思ったら、治療をはじめてみてはいかがでしょうか。不安があるなら、無理に薬を飲まなくても構いません。その時は別の先生を紹介しますから」

宇月の言葉に、馬場さんは顔をあげた。

「……わかったよ。あんたは信用できそうだし、その紹介なら行ってみる」

肩を落としながらも、ぎこちない表情で笑みを浮かべる。

「……このままではどうにもならないことは自分でもわかっている。でもうつ病が治ったところで、その先に明るい未来があるわけじゃない。それを思うとわざわざ治療をする意味がないように思えてね。正直、いまは消えてしまいたいと思うだけなんだ。そうすればもう辛い思いはしなくてすむからさ」

薬はともかく、とりあえず話はしてくるよ、と馬場さんは言った。

「決心してくれてありがとうございます。いつ予約を取れるか、確認してみましょう」と宇月は電話を取り上げた。

「……そこまでしてもらって申し訳ないな。ここで、何か漢方薬を買っていこうか」

「そんな気は遣わないでいいです。状態の悪い患者さんへの受診勧奨も薬剤師の務めですから」

「……それなら医者に行った後、処方箋をここにもってこようか」

「お気遣いはありがたいですが、ここは処方箋を扱っていないんです」

「……じゃあ、毒島さんのところかな」

「顔見知りの薬剤師だと話しづらいこともあるでしょう。クリニックの近くにある門前の調剤薬局で大丈夫ですよ。薬剤師も薬の知識に加えて、患者さんへの対応も慣れています。それに薬の在庫も揃っているはずですし」

「……それでいいのかな」

「患者さんが気を遣う必要はないですよ。余計なことを気にかけないで、自分が一番楽な方法を選んでください」

宇月がクリニックに電話をかけて予約を取っている間、爽太は先ほどの宇月の話を思い返していた。宇月が説明した抗うつ薬の中に、美晴がもっていた薬の名前があったのだ。

ということは、美晴もうつ病ということか。

目の前の馬場さんのぐったりした様子と、美晴のハイテンションな様子に重なるところはない。うつ病の治療薬を飲んで、ハイテンションになることはあるのだろうか。宇月を疑うわけではないが心配になってくる。

診察の予約が取れたようだ。宇月は電話を切って馬場さんに説明している。その話が終わった後で、爽太はさりげなく宇月に訊いてみた。

「抗うつ薬って、どんな効果があるんですか」

「憂鬱を改善して、気持ちを持ち上げる効果があります。ただし効果が表れるまでに日数がかかるので、飲みはじめた当初は副作用だけが感じられることもあるんです。それが嫌で、薬を嫌う患者さんも多いです」

「副作用ってどんなものですか」

「吐き気、食欲不振、下痢、頭痛、体重の増加などですね。薬によって違いますが、他にも立ちくらみやふらつき、強い眠気を感じることもあるようです」

そのために、薬を飲んだらかえって具合が悪くなった、と医師や薬剤師に文句を言って、治療を中断する患者もいるそうだ。

「飲んだら気持ちがハイになって、普段よりも元気になるということはありますか」

「薬を飲んだだけでハイテンションになることは普通ないですね。そんなことがあるとしたら、もっと別のことが原因だと思います」

別の原因とは何だろう。しかしそれを質問する前に、

「疲れたな。そろそろ帰ろうか」と馬場さんがつぶやいた。

「わかりました。行きましょうか」

宇月に挨拶をして、馬場さんと一緒に薬局を出た。

5

宇月がしてくれたクリニックの予約は、翌週の火曜日だった。

数日後、仕事終わりに立ち寄ったカフェでそれをくるみに説明した。

「よかったです。でももっと早く診てくれるクリニックはないんですか」くるみは少し残念そうな顔をした。

「コロナの影響もあって心療内科やメンタルクリニックはどこも混んでいるみたいだね。予約なしで診てくれるところもあるけど、うつ病の治療には医師との信頼関係が重要らしいんだ。馬場さんはメンタル系の薬にトラウマがあるので、医者選びは慎重

にした方がいいというのが、宇月さんの意見だった」

患者の話をろくに聞かず、適当に薬を出すだけの医師もいるようだ。心療内科やメンタルクリニックならどこでもいいわけではないらしい。

「そういうことなら仕方ないですね。宇月さんの言うことなら間違いないですし」とくるみは頷いた。

「馬場さん一人で行くんですか」

「送り迎えはするつもりだよ」

爽太はその日休みで、クリニックの場所は三鷹《みたか》だった。馬場さんの体調次第で車で行くか、電車で行くかを決めることにしている。

「そうですか。よろしくお願いします」くるみは感謝した面持ちで頭をさげる。

「馬場さんには色々と世話になっているから、これくらいは当然だよ」

「とりあえず一安心ですね」

くるみは笑って、「あと、こっちの人はどうしましょうか」とテーブルに置いたスマートフォンに目をやった。

動画配信のチャンネルに映っているのは、猫耳のカチューシャをつけた美晴だった。

『みなさあん、こんにちは。所沢のずうみんこと黛美晴でえす。今日はあ、超デカ盛りのスペシャルチャレンジメニューに挑戦したいと思います。

実はわたし、事情があって、家出をしているところなんですよ。

家出の理由は旦那のモラハラです。色々やりたいことがあるのに、あれはダメ、これはダメって、いちいち私に命令するんです。

家計管理も俺がするって、カードを使うように命令されました。

それで履歴を見て、無駄遣いのし過ぎだって怒るんです。

でもそれって、動画配信で私が稼いだお金じゃないですか。

それを言ったら、うるさい、動画配信もやめろって、さらに怒られて。

そんな生活が嫌になって、ついに家出をしてしまいました。

そういうわけで今は都内のホテルで生活しています。

やっぱり都内で生活するのはいいですね。

雰囲気からして違います。

フロントの人もどこか垢ぬけていて、恰好いい感じがするわけです。

この前は部屋で指輪を失くして、それを探してもらいました。

格好いいだけじゃなくて、親切でもあるんですね。

今日はその指輪をつけてライブ配信をしたいと思います。

それでメニューですが、ホテルの近くの中華料理店からフードデリバリーを頼みました。

神楽坂の白龍大飯店《はくりゅうだいはんてん》のスペシャル・デカ盛り・カニチャーハンです。

じゃーん、どうですか、みなさん。

十人前のチャーハンがこの特大の丼《どんぶり》に詰め込まれています。

では、これからいただいていきたいと思います。

よし、完食めざして頑張るぞー』

テーブルに置いたカニチャーハンを前に、ハイテンションで喋りまくるが、喋りがどうにもぎこちない。言葉が上滑りして、一見《いちげん》の視聴者であれば、最後まで見ることなく他のチャンネルに変えるだろう。実際、フォロワー、視聴回数ともに二桁で、昨夜アップされたその動画の視聴回数は八回だった。

「本名をしっかり口にしていますね」くるみが唖然《あぜん》とした声で言う。

「神楽坂という地名も言っている」爽太も低い声で返事をする。

「水尾さんのことを垢ぬけていて、かっこいいとも言っていますけど」

「それについてはノーコメントで」

「動画配信で稼いでいるって言っていますが、この内容で本当に稼げるんでしょうか。それにホテルの部屋からライブ配信をしていることも心配です。本名も場所も言っているし、旦那さんに場所が特定されるんじゃないですか」

くるみは気遣わしげな顔をした。

「知ってますか。この動画を撮った部屋、ホテルの予約サイトに載っている写真を撮った部屋だってこと」

「そうだっけ？」

爽太はスマートフォンで確認した。たしかに同じ造りだが、写真を写した角度が違う。これだけで同じ部屋だと特定するのは難しいように思われた。

「この壁にかかった絵を見てください」

くるみは自分と爽太の二台のスマートフォンを並べて置いた。どちらの部屋の壁にも、金と銀の帆をかかげた二隻のヨットアートポスターがかかっている。

「たしかに見れば同じ部屋かもしれないと思うけど、ホテルの予約サイトをすべてあたって、同じ画像を見つけることは不可能じゃないのかな」

「画像検索とかで調べる方法があるかもしれないですよ。旦那さんが彼女を探しているなら辿り着くかもしれません」

たしかにその可能性は否定できない。前にホテルのエントランスを見張っていた男のことを思い出す。やはりあの男がそうなのだろうか。しかし男を見つけたのは、この動画をあげる前だった。あの美晴のことだから、他にも迂闊《うかつ》なことをして、ホテル・ミネルヴァにいることを知られているのかもしれない。

「旦那に気づかれている可能性があることを、彼女に教えてあげた方がいいのかな」

にしわを作った。
前にそれらしき男を見たことを話すと、「うーん、どうでしょう」とくるみは眉間
「黛さんに頼まれたのは、夫が来ても泊まってないと言ってくれということですよね。
それ以外のことは頼まれていないし、不確定なことを告げる必要はないと思います」
そう言って、くるみは壁にかかった時計を見た。
「すみません。そろそろ時間なので行きますね」
これから英会話教室に行く予定があるそうだ。馬場さんや美晴のこともあったが、
主に時間調整のために爽太をカフェに誘ったようだ。
爽太は店に残って、イヤホンをつけて美晴の動画をもう一度再生した。
途中、空いていた隣の席に人が来て座った。爽太が再生している動画をちらちらと
見ている。そこまで面白い内容ではないですよ。そう言いたくなる気持ちを抑えて、
動画を最後まで見返した。美晴は結局、スペシャル・デカ盛りカニチャーハンを三分
の一ほどしか食べ切れなかった。とても大食いと言えるような内容ではない。
あらためて部屋で見た薬のことを思い出す。
薬を飲んだだけでハイテンションになることは普通ない、もっと別のことが原因だ、
と宇月は言っていた。しかしそれがどういう意味なのか問い返すことはできなかった。
また連絡をして同じことを訊くのも妙だし、そもそも美晴のプライベートにあまり立

ち入ったことはしたくない。さて、どうしたものかと考え込んだ。

「あの、すみません」

「わっ」

いきなり隣の席の男に声をかけられて、驚いて声が出た。

「ご、ごめんなさい。いきなり声をかけたりして」とその男も慌てて言った。

「ちょっと訊きたいことがありまして……」

身をかがめて、申し訳なさそうに爽太の顔を見る。

「何ですか」

「今見ていたその動画、面白かったですか」と爽太のスマートフォンを指さした。

「これですか」

爽太は面食らいながら、「はっきり言って面白くないです。大食いチャレンジと言いながら、三分の二も食べ残すような内容ですから」と答えた。

「でもずっと見てましたよね」

「ちょっと気になることがあったので。興味があるならタイトルを教えますが」

「いや、それには及びません。……自分もすでに見ていますから」

これを見ている？

爽太はあらためて男を見た。

小太りで、髪を撫《な》でつけている。顔立ちは温厚で愛嬌がありそうだ。長袖のシャツにワークパンツという服装で、あれ、これは……。

椅子の背もたれに襟に毛皮のついた黒いジャンパーがかかっている。

「ホテル・ミネルヴァの方ですよね。その動画を見ていたので、思い切って声をかけさせていただきました。私、美晴の夫で、黛敏郎《としろう》といいます」

男は恐縮した顔で頭をさげる。

「妻のことが心配で、それで少し話をしたいのですが」

どうして美晴の夫がここにいるのか。なんで自分に話しかけてきたのか。疑問が頭の中で渦巻いた。

「混乱させたようですみません。説明します。美晴がそちらのホテルに泊まっていることはずっと前から知っていました。でも私が行くと、興奮させてしまうと思い、自重して、そっと様子を探っていたんです。今日も仕事の合間を利用して様子を窺っていました。夕方になって、あなたが通用口から女性と二人で出て来たのが見えたので、申し訳ないですが後をつけさせていただきました」

仕事を終えて、くるみと一緒に出て来たところをつけられたのか。

「僕がホテルの人間だって知っていたんですか」

前に見かけた時は、自分の顔は見られていないと思ったが。

「三日くらい前、美晴と二人で夜にコンビニに行きましたよね」

確かに行った。一人で行くのは寂しいからついてきて。そうフロントで食い下がられて、休憩時間に仕方なく一緒に行ったのだ。それを見られていたわけか。

「いや、その前に、このホテルのことをどうやって知ったんですか」

「美晴は部屋代の支払いにクレジットカードを使いましたよね。あれは私が支払いをする家族カードです。妻が使用した通知はすべてメールで私に届きます」

そういえばクレジットカードで買い物をするように命令された、と動画配信で美晴は言っていた。あれはこのことだったのか。

「動画配信の収入で稼いでいるという話でしたけど……」

「それについても説明します。ただ長くなりますが、お時間の方は大丈夫ですか」

敏郎は爽太の都合を気遣うように言った。その態度からするに常識ある社会人のようだった。モラルハラスメントやＤＶを行うようには見えない。しかしそういった人間は、外面がよくて、本性を他人に見せないものだという話を聞いたこともある。果たしてどこまで信用していいものか。それでも、こうなった以上、話を聞く以外の選択肢はないだろう。

「大丈夫です。話を聞きます」と爽太は言った。

「ありがとうございます」敏郎はまた頭をさげた。

「妻が家を出て行ったのは三週間前です。私が会社に行っている間に、荷物をまとめてタクシーで家出したんです。そしてそのままそちらのホテルに行ったことを、クレジットカードの通知が届いて知りました。それからはちょくちょく近くに来ては、様子を探りました。もちろん妻には気づかれないように慎重に。姿を見られて、どこか別の場所に移動されたら厄介ですからね」

家出の直接の原因はその前日の喧嘩だそうだ。

しばらく前から生活態度に変化があって、何度も注意していたが、美晴は聞くことなく、ついには大きな喧嘩になったのだ。そのときに美晴が暴れて、物を投げたり、家具を壊そうとしたので、それをやめさせようと押さえつけた。するとＤＶだ、モラハラだ、と怒って、次の日タクシーに荷物を積んで出て行ったのだ。

「そんなことになって困惑しました。実はその前から、ずっと塞ぎこんで、うつ病を心配するほどに落ち込んでいることもあったんです。病院に行ったらどうかと奨めたんですが、本人が嫌がって……」

敏郎は仕事が忙しく、なかなか美晴の身になって考えてやれなかった。それがいつの間にか、元気になって、毎日外に出かけていくようになっていたそうだ。

「そうしたらそうしたで、行動がまた極端になって。それまでは地味な服を好んで、食も細かったのが、派手な色合いの服を大量に買い込んで、食卓にデパートやレストランの持ち帰りメニューが大量に並ぶようになったんです。塞ぎこんでいるよりはましかと思って黙っていたんですが、浪費がかさんで、ついには生活費が足りないと言い出すようになりました」

使いすぎだ、もっと計画的に買い物をしなければダメだ、と注意すると、それなら自分で動画配信をして稼ぐ、と言い出した。

「以前から大食い系の動画配信が好きでよく見ていたんです。自分には無理だと思っていたけど、やればできるはずだって言い出して……。私には、そんな甘いものだとは思えませんでした。稼げているのはピラミッドの上にいる一部の配信者だけで、大多数は稼ぐどころか収益化さえできていないことを知っていましたから。でもそれを言っても妻は聞く耳をもたず、ついに見様見真似《まね》ではじめてしまったんです」

しかしそれには意外な効果があった。配信をはじめたことで買い物の頻度が減ったのだ。収益にこだわらない趣味としてなら問題はない。フードデリバリーの代金くらいなら大目に見ようと思ったそうだ。

「だけど妻の行動は私の斜め上をいきました。配信を数回しただけで、お金が振り込まれない、どうなっているのか、と動画配信サイトを運営している会社に電話をかけたんです」

収益化されるには申請して、受理されることが条件だ。しかしそれを説明しても、美晴は理解しなかった。繰り返し電話をかけてハイテンションで喋り続けるので、ついにはクレーマー扱いされる始末だった。それで敏郎は一計を案じた。その会社の名前を騙《かた》って、妻の銀行口座にお金を振り込んだのだ。

「たいした金額ではなかったのですが、妻はそれを見て喜びました。私としてはそうやって誤魔化しながら、動画配信への熱が冷めるのを待つつもりだったんです。でもそれが妻のやる気を刺激したようで、さらに動画配信にのめり込むようになりました」

しかし美晴は、体質的に大食いに向いていなかった。無理矢理に食べ物を詰め込んでは、後でトイレに行ってもどすようになった。そうなってはさすがに見過ごすことはできない。動画配信はやめるように何度も注意して、それが最終的に家出につながったのだ。

「そういう事情があったんですか」

爽太は思わず言った。うつ病を心配するほどに落ち込んでいた後で、突然ハイテンションになったという話が気になった。やはり薬の影響なのだろうか。しかし迂闊なことは言えなかった。敏郎の話を聞く限りでは、彼は美晴が抗うつ薬を飲んでいたことを知らない。

「妻が心配で、家出した後も家族カードを止めるようなことはしませんでした。妻がそのカードを使っている限り、どこで何を買っているかはわかりますから。仕事の合間にそっとホテルの様子を窺って、それで声をかけるタイミングを見計らっていたんです。でもなかなかその機会が訪れなくて……。恥ずかしい話ですが、家出後に妻がカードで使った金額は、すでに私の月給を超えています。貯《たくわ》えがありますから、多少のやりくりはできますが、これがずっと続くのかと思うと、さすがに不安になってきて……」

敏郎は困った顔でうつむいた。

「それで思い切ってあなたに声をかけました。ホテルで妻はどんな様子なのか、それを教えてもらいたいと思ったんです」

爽太は困った。ホテルマンとして優先されるのは宿泊客の申し出だ。

「ホテルの方に守秘義務があることはわかります。でも、そこをなんとか……」

敏郎は両手を合わせて拝む真似をする。

「私の話はすべて真実です。これを見てください」

敏郎は社員証を取り出した。ここから歩いて十分ほどの距離にある大手出版社のものだった。黛敏郎という名前と本人の写真がプリントされている。

仕事の合間に様子を見に来たというのは、そういう意味だったのか。

お洒落で、美味しい食べ物屋がたくさんあるとテレビで見て知ったから――。美晴はそう言っていたが、実は夫の勤め先のすぐそばだったのだ。

本気で家出をするならもっと別の場所に行くだろう。ここに泊まったのは、つまり夫に連れ戻してほしいという気持ちを持っていたせいだ。

夫が来ても言わないでくれ、と言ったのは本気ではないということか。しかしそれでも疑問は残る。

「あなたの話が正しいのなら、迷うことなく奥さんを迎えに行けばいいじゃないですか。そうしないでこっそり様子を探っているのは何故ですか」

「美晴が落ち着いているならそうしたいです。でも様子を窺っている限りでは、そういう風にも見えなくて」

美晴が家出したときの状態であるなら、家に連れ帰っても、また同じことを繰り返すのではないかと心配しているようだった。

「お金のこともそうですが、いきなり性格が変わったことが、私にはうまく理解できなくて……」

やり直した方がいいのか、あるいは離婚をした方がいいのか迷っているそうだ。自分の気持ちを整理するためにも、美晴がどんな様子でいるのか、何を考えているのか知りたいということか。

聞いていて、馬場さんがした話と重なった。家出した後、恰好をつけずに、すぐに迎えに行けばよかったと馬場さんは後悔していた。後になればそうとしか思えないのだろうが、その時は色々と思い悩むこともあったのだろう。同じ轍《てつ》を踏ませないためにも、美晴の様子を教えてあげたいという気持ちが湧いてくる。

しかし敏郎の言葉がすべて真実だとは言い切れない。どうすればいいのか、爽太はすぐに判断できなかった。

「……少し時間をもらえませんか。落ち着いて考えてみたいんです」

「わかりました」

敏郎はポケットを探って名刺を取り出して、

「時間は構わないので、その気になったらいつでも電話をください」

爽太も自分の名刺を手渡した。

「ひとつお訊きしますが、奥さんが塞ぎこんでいた理由に心当たりはありますか」

敏郎は眉をひそめて、口をすぼめた。

「よくわかりません。結婚して三年、問題なく暮らしていたように思っていたのですが……。コロナの影響で仕事をやめて、家に籠っていたことが要因のひとつかもしれません。妻の母親も気まぐれで、感情の上がり下がりが激しい性格だと聞きましたので、その影響もあるのかもしれません……」

「立ち入ったことを訊きますが、過去にうつ病の治療で病院に通っていたということは？」

「ありません。……少なくとも私は聞いていません」

敏郎に嘘をついているそぶりはない。

では美晴が持っていた薬は何だったのか。毒島さんに連絡をして相談しよう、と爽太は考えた。

6

『大変です。これを見てください！』

刑部さんから連絡があったのはその夜のことだった。

どうやって毒島さんに相談する口実を作ろうか、と思い悩んでいた時だ。無料通話アプリに貼られていたURLは、ネットニュースのページを示すものだった。それを開いて驚いた。毒消し山荘に関わるものだったのだ。

〈関東信越《しんえつ》厚生局・麻薬取締部（通称マトリ）は十七日、大麻取締法違反の疑いで、蕪木康夫（46）と妻の忍（44）を逮捕した。二人は静岡県の山中で宿泊施設を営み、そこで大麻草を栽培して、乾燥させた大麻を宿泊客に譲渡した疑いがもたれている。

マトリは同宿泊施設内から栽培された大麻草五百株と栽培に使う照明器具、乾燥大麻数百グラムを押収した〉

続けて連絡があった。

『社長から新しい情報を仕入れました。明日の夜、毒島さんと三人で会って話をしませんか』

願ってもない話だった。毒島さんに相談する口実を考えなくて済む。すぐに了承した。

それから翌日、どうめき薬局のそばにある個室のある居酒屋で会うことになった。

「やっぱり五月女さんはマトリの人でした。社長の部下で、辞めるときに一番残念がった人みたいです」

刑部さんが教えてくれた。旅行の後で社長に確認したそうだ。

「偽名かもしれないと言ったのですが、五月女という名前を出したら、社長はすぐに思い出しました」

当時、同じ偽名を使っている部下がいたそうで、その人物と年恰好がぴったりだったのだ。

「社長にすべて話をしたら、こっそり五月女さんに連絡を取ってくれました。それで毒島さんの考えが正しいと分かりました。五月女さんは毒消し山荘に内偵に来て、百目鬼社長のところの人間がいるとわかって、種子に注意するように言ってくれたんです」

百目鬼社長が毒島さんから預かった種子を五月女に渡して、やはり大麻と分かったそうだ。

「でも、どうして大麻の種子を配ったんでしょうか」

「そこまではよくわかりません。今後取り調べが進めばわかるかもしれないとは言っていましたが」毒島さんが言った。

刑部さんはアルコールではなくオレンジジュースを頼んだ。毒消し山荘で飲み過ぎたことを気にしているらしい。

爽太はビール、毒島さんは梅酒《うめしゅ》を注文した。

「ところで話は変わりますが、大麻がうつ病の治療に効くってことはありますか」

毒消し山荘の話題が途切れたところで、爽太はそれとなく訊いてみた。

「医療用大麻が解禁されている国では、そういうことはあるようですね」と毒島さんは梅酒を飲みながら頷いた。

「カンナビノイド由来の原料から、てんかんの治療薬が開発されています。でもメンタルヘルスの治療については、まだ研究がはじまったばかりのようですね。今後効果がある薬が開発される可能性はありますが、それが日本国内で承認されるまでには、まだまだ時間がかかると思います」

「薬ではなく、違法薬物、たとえば大麻はどうですか。うつ病の患者が大麻を吸ってハイテンションになるようなことはありますか」

爽太の質問に毒島さんは首をひねった。

「大麻はダウナー系の薬物なので、そういうことはないように思います。大麻を使うと心が静かになるそうで、常用しているカップル間では、それ以外のカップルよりDVが少ないという話を聞いたことがあります。信憑性《しんぴょう》がどこまである話かはわかりませんが」

ならば違うか。

ネットで調べたところ、電子タバコのリキッドに大麻の成分を混ぜる吸引方法があるそうで、美晴がハイテンションになったのは、それが原因かもしれないと思ったのだ。

しかし毒島さんの話を聞く限り、その可能性は低そうだ。ならば角度を変えて訊いてみよう。

「また話は変わりますが、メンタルクリニックに通ったり、メンタル系の薬を飲んでいることを家族に黙っている人っているものでしょうか」

「もちろんいますよ。それも少なくない割合で。はっきりした統計はないですが、薬剤師の仕事をしていてそう思います」

ならば美晴が夫に内緒でメンタルクリニックに通っていた可能性はありそうだ。

「それなら医師が処方した薬を飲んで、うつ病の患者がハイテンションになる可能性はどれくらいありますか。患者の症状をしっかり確かめないまま、薬を処方する医師がいるという話を聞いたことがありますが、そういうことってよくあることですか」

毒島さんと刑部さんは顔を見合わせる。

「そういう医者もいますけど、そんなことはレアケースだと思いますよ」と刑部さんが言った。

「何を訊きたいのかがよくわかりませんね。身近にそんな症状の方がいるのですか」

毒島さんも心配そうな顔になる。

「……はっきりは言えないんですが、そう取ってもらって構わないです」

「飲んでいる薬の名前はわかりますか」

「フルボキサミンという薬なんですが」

美晴のポーチからこぼれた薬の名前を口にする。

「選択的セロトニン再取り込み阻害薬——SSRIと呼ばれる薬ですね」と毒島さんは頷いた。

「うつ病では、脳内の神経伝達物質であるセロトニンなどの働きが不調となって症状としてあらわれます。フルボキサミンは脳内でのセロトニンの再取り込みを阻害して、セロトニンの濃度を高め働きを増強する効果があります」

日本では二〇〇〇年代に承認されて、現在ＳＳＲＩなどがうつ病治療の第一選択になっているとのことだった。

毒島さんの言葉には、特に問題のない薬ですというニュアンスがあった。

「第一選択って何ですか」

「抗うつ薬は、飲んでもすぐに効果は出ないんです。だから問診でうつ病の軽度や中度であることを確認したら、まずはＳＳＲＩかＳＮＲＩを処方するのが一般的とされています」

治療の最初に選択されるので第一選択と呼ばれているそうだ。
二、三週間経過したのち、患者さんから効果を聞き取り、効果があれば服薬を継続し、副作用があれば他の薬を検討する。効果がなければ量を増やす、他の薬を追加する、あるいは別の薬に変えるかといった選択をする。
ＳＮＲＩはセロトニン・ノルアドレナリン再取り込み阻害薬のことで、安全性が高く、治療領域が広いので、ＳＳＲＩと同じく第一選択とされている。しかし作用発現に時間がかかることに加えて、悪心《おしん》、嘔吐《おうと》、下痢などの副作用が出ることが問題になっている。
ＮａＳＳＡ——ノルアドレナリン作動性・特異的セロトニン作動性抗うつ薬と呼ば

れる薬もある。発現までの時間がＳＳＲＩ、ＳＮＲＩに比べて短く、持続的な効果が得られるのが特徴だが、催眠、口渇、倦怠感《けんたいかん》、便秘などの副作用があるそうだ。

「三環系や四環系の抗うつ薬は、二〇〇〇年以前に使われていた初期の抗うつ薬ですが、副作用が強いので現在はあまり使用されなくなりました。他にもセロトニン遮断再取り込み阻害薬や、抗不安薬、抗精神病薬を治療に使用することもあります」

こういった薬の使い分けで病態を見極め、改善、緩解を目指すのがうつ病の治療となるそうだ。

「うつ病の治療は我慢の連続です。効果が出るのに時間がかかることに加えて、効果や副作用の出方に個人差があって、服用してみないとわからないという不安が常に付きまといます。それが否定的な物の見方、考え方と結びついて、医療や薬は役に立たない、と思い込む患者さんも多いですし、治療の進め方から、人体実験みたいだと拒否感を示す患者さんもいます。症状が重くなるほど治療に時間がかかるので、もし知り合いにそういう症状で悩んでいる方がいれば、とにかく早く治療をはじめることをお奨めします」

そういうことかと爽太は頷いた。

うつ病の治療をすることを受け入れても、そこから病気が治るまでには、まだまだ長い時間がかかるのだ。病院に行きさえすれば症状は改善するだろう。そんな風に考えていた自分が恥ずかしくなった。

「身近に治療中の方がいるなら、長い目で見てあげてください。何気ない言葉が患者さんにとってはプレッシャーになることもあるようです。むやみに励ましたり、体調にかかわることは話題にしない方がいいと思います」

「わかりました。そう心がけます」

馬場さんについてはそうしよう。しかし美晴はどうだろう。彼女はうつ病なのか、それとも違うのか。

「抗うつ薬を飲んでハイテンションになるのか、ということを訊かれましたが、それはフルボキサミンだけを飲んでのことですか」と毒島さんが言った。

「いいえ、もう一種類飲んでいます」

「それは何という薬ですか」

「それが……よくわからないんです」

ポーチから落ちた時、重なって、もう片方はよく見えなかったのだ。

「今の話、どう思いますか」

毒島さんは刑部さんの顔を見た。

「えっ、私ですか」

いきなり話をふられて刑部さんは焦ったようだ。

「フルボキサミンって、効果がマイルドで、用量を調整しやすいって言われていますよね。副作用は強くないですが、稀《まれ》にセロトニン症候群を引き起こすことがあったと思います」

「セロトニン症候群って何ですか」

「セロトニン系の薬を飲むことで発熱やふるえ、不安感、いらいら、そわそわした気持ちになることです」と刑部さん。

「でもハイテンションというのとは違いますね」と毒島さんはまた爽太の顔を見る。

「そうですね。衝動的というか、自分で自分の抑えがきかなくなっている感じです」

美晴の行動を思い返して、爽太は言った。

すると毒島さんの額に深いしわが刻まれた。

「もしかして、もうひとつの薬はオランザピンじゃないですか」

爽太は記憶を探った。そういえばオラという文字が見えたかも。

「そうかもしれませんが、はっきりと覚えていません」

「そうであれば、ひとつの推測が成り立ちます。その患者さんは、抑うつ症状が現れて専門医にかかったのでしょう。専門医は第一選択としてフルボキサミンを処方して様子を見た。次回の診察で副作用などの症状が出なかったため、同じ薬を継続、あるいは増量したのかもしれません。その影響で患者さんはソウテンした。さらに次の診察で、患者さんが別人のようにハイテンションになっていることに医師は気がついた。しかしフルボキサミンを中止するとめまい、頭痛、吐き気、だるさといった離脱症状が現れることがある。それで医師はオランザピンを追加して、躁《そう》状態を改善しながら、フルボキサミンを減量する方法を選択した」

あくまでも仮定の話ですが、その可能性が強いです、と毒島さんは言い足した。

しかし爽太にはその内容が理解できない。

「ソウテンって何ですか」

「躁に転じる、と書いて躁転です。私は専門医ではないので、そうだと断言はできません。あくまでも処方箋や薬歴、患者さんの状態から、医師の治療方針を推測しているだけです。でも逆にいえば、それが調剤薬局に勤める薬剤師の役目でもあるわけです。ハイテンションな患者さんが、薬局にフルボキサミンとオランザピンの処方箋をもってきたら、その患者さんが双極性障害《そうきょくせいしょうがい》を患っている可能性を薬剤師は考慮します。もちろんあくまで推測であって、決めつけたりはしませんが」

オランザピンは非定形抗精神病薬で、双極性障害の治療に使われる薬とのことだった。

「双極性障害って、うつ病とは違うんですか」

「うつ状態と躁状態が交互にあらわれる病気です。昔は躁うつ病と呼ばれていたようですね」

今ではうつ病とは違う病気とわかって、治療方法も別にされている。しかし昔はうつ病の仲間とされていた。そのために有効な治療方法が確立するのに時間がかかったのだ。

「発症のメカニズムが違うんです。うつ病はセロトニンなど脳内の神経伝達物質の不足で起こるとされています。しかし双極性障害は脳内の機能に問題があって、それで発症すると考えられています。適切な薬を服用すれば症状は改善するのですが、初期においてはうつ病と区別ができないことが問題です」

気分が落ち込んだり、やる気がでない患者はうつ状態を疑って病院に行く。しかしその状態だけを見て双極性障害とは診断できない。治療の過程で躁状態に変化して、そこではじめて双極性障害の可能性を考えるのだ。

想像するに、コロナ禍で失職した美晴は、うつ状態になって、敏郎には言わないま、こっそりメンタルクリニックに通って薬を服用したのだろう。しかし美晴の病気はうつ病ではなく双極性障害だった。躁転してハイテンションになった美晴は、心のたがが外れて、それまでにずっと我慢していたことを実現しようと行動に出たわけだ。

「そういった症状の変化を医師は家族に連絡しないものなんですか」

「医師には守秘義務がありますからね。患者さんの意思がない限り、家族であっても伝えることはしないでしょう」

躁状態になった患者さんは、それまでになかったほど行動的になるそうだ。自分はなんでもできると思い、仕事を辞めたり、多額の借金をしたり、乱脈な交際をしたあげくに父親のわからない子供を妊娠するといったケースもあるという。

さらにオランザピンには食欲亢進《こうしん》の副作用もあるそうだ。それが原因で大食い動画の配信をはじめた可能性もある。

「毒島さん、そんなことまでよく知っていますね」

話を聞いていた刑部さんが目をまるくする。

「そういう患者さんって、最近ウチに来ましたか？」

「ここではないですね。前にいた薬局で経験したり、専門書で知り得た知識です。メンタル系の患者さんと話をするうえで、最低限の知識を知り得ておくのは大切なことですから」

「すごいです。私ももっと勉強しなきゃだなあ」刑部さんはオレンジジュースを飲みながら、自分に言い聞かせるようにつぶやいた。

「色々と勉強するためには、一ヶ所の薬局に長くいるより、あちこち動いて色んな処方箋を見た方がいいんでしょうか」

「そうとは限らないですよ。セミナーや勉強会に出たり、論文や本を読んでも勉強はできますよ。でも、そこでしか経験できない処方箋はたしかにありますね。重篤な病気、たとえば癌の治療を行う病院の処方箋とか」

「抗がん剤の処方ってやったことがないんですよね。勉強してみたい気もあるけど、大変そうで」

「焦ることはないと思います。自分ができる範囲を少しずつ広げていくのも、スキルをあげるための確実な方法だと思います」

二人が薬の話をはじめたのをきっかけに、爽太は美晴と敏郎のことを考えた。

敏郎の態度や、毒島さんの話から推測するに、モラハラやDVの話は躁状態の美晴が大げさに言ったものだろうと考えられた。

敏郎から一時的な暴言や暴力があったのは事実かもしれない。しかしそれは日常的ではなく、突発的なものだったはずだ。美晴が家出をしても、敏郎が家族カードを解約していないことや、泊まっているホテルを見つけても、押しかけることなく、陰から見守っていることがそれを裏づけていると思われた。

やはり敏郎にすべてを伝えるべきだろうか。しかし美晴の意向を無視して、敏郎に話をするのは違うような気もする。美晴が抗うつ薬を服用していることも、彼女の許可なく敏郎に伝えることはできない。さて、どうしよう。

爽太は目をつぶって考えた。

7

まずは双極性障害についての正しい知識を得ることが必要だ。

翌日、出勤前に本屋に寄って、患者の家族向けの本を購入した。

毒島さんが言った通り、双極性障害とはストレスが原因となった心の病気ではなくて、脳の機能に関係する病気だった。まだ明らかになっていないが、発症には遺伝子が影響するともいわれているらしい。

うつ病とは明らかに違う病気でありながら、長い間、うつ病と混同されていた。

特徴はうつ状態と躁・軽躁状態を繰り返すことだ。

躁状態の度合いによってⅠ型とⅡ型に区別されている。入院が必要なほどに激しい躁状態がある場合がⅠ型で、そこまでひどくない軽躁状態なのがⅡ型だ。統合失調症のように支離滅裂な行動はしないので、本人も周囲もすぐには病気だと思わない。再発を繰り返すと、うつ状態と躁・軽躁状態の間隔が短くなったり、物忘れがひどくなったり、注意力、集中力が低下する認知機能障害を起こす危険性もあるそうだ。

美晴が双極性障害であるなら、いずれ気分が落ち込みうつ状態に陥る時が来るだろう。その時を待って敏郎に託すという方法もあるわけだが、しかしその状態がいつ来るかはわからない。それまでに美晴が多額の金を浪費する可能性もあるし、あまり悠長にもしていられない。

　様子を見て美晴と話をした方がいいだろう。爽太はそんな風に考えた。

　そのタイミングは思ったより早くやって来た。

　その日、爽太は夜勤に入っていた。美晴は外出して、夜遅くまで帰ってこなかった。帰りが零時すぎになることは、これまでにも何度かあった。だいたいお酒を飲んで、いい気分になって帰ってくる。そしてそういう時は、他の客がいないのをいいことにフロントで、スタッフ相手に喋りまくるのだ。

　普段なら迷惑な行為だが、話をするには絶妙のタイミングともいえる。様子を見ながら、家に帰るように説得してみようと考えた。

　しかし彼女は一向に帰ってこなかった。

　ようやく帰ってきたのは午前一時過ぎ。しかも一人ではなく、二十歳くらいの男と一緒だった。ツーブロックの髪形の男は、美晴の腰に手をまわして、何かを耳元で囁いている。二人とも顔が真っ赤で、足元がおぼつかない。

「ただいまあ。遅くなってごめんなさい」美晴が甲高い声を出す。

「ねえ、聞いて、聞いて。近くの飲み屋で、この人と仲良くなっちゃった。スマホで私の動画配信を見てもらったら、すごくいいって褒めてくれたのよ。私の部屋はツインだから、彼を泊めてもいいわよね」

鍵をちょうだい、と美晴は無邪気に手を伸ばす。

爽太は唖然としながら、どうしようと焦って考えた。はい、どうぞ、とは言えない。この男を泊めたのがわかったら、さすがに敏郎も黙ってはいないだろう。離婚という文字がちらついた。

「申し訳ありませんが、二人で部屋にお通しすることはできません」

頭を下げながら、断るための理由を頭の中で必死に探す。

「ツインのシングルユースで部屋をお貸ししていますので、二名泊まることはできません」

「それならもう一人分払うわよ。部屋にベッドは二台あるし、お金を払えば問題ないでしょう」

理屈はその通りだが、ここはなんとしても突っぱねる必要がある。不特定多数の男性と交際した結果、父親のわからない子供を妊娠したケースがある、という毒島さんの話が頭の中に蘇る。

「シングルユースということでお取りしたお部屋です。申し訳ないですが、ご理解ください」

口にしながら苦しい言い訳だと思った。美晴は納得しなかった。さらに若い男も目を吊《つ》り上げて怒りはじめる。

「どうしてダメなんだよ、金を払うって言ってるじゃないか」

「ホテルの決まりで、そうなっています。規則を破ると私が怒られますので、なにとぞご了承願います」

理屈にもなっていない言い訳を口にして、とにかく爽太は頭を下げ続ける。

「それなら別に部屋を借りればいいのかよ。ツインの部屋はいくらだよ」男が爽太を睨《にら》みつける。

「重ねて申し訳ありませんが、今日は他の部屋も満室です」

「ああ？　ふざけるなよ。一部屋くらい空いているだろう」

「すみませんが本当に満室です」

部屋は空いていたが、あえて嘘を口にした。職業的な良識に反する行為だが、この場においては仕方ない。

「なんだ。お前、舐めているのかよ」

男は目を剝《む》いて、カウンターににじり寄ってきた。手を出してくるなら警察を呼べばいい。そこまでは計算していたが、生憎男はそれほど粗暴ではなかった。

「それなら、他のホテルに行こうぜ。新宿まで行けば部屋はいくらでもある」

美晴の肩に手をまわして笑いかける。そんなのは面倒だから嫌、と美晴が拒否してくれればいいと思ったが、あろうことか美晴は嬉しそうに頷いている。

　ここで出て行かれたらどうにもできない。

「待ってください。黛さん、どうか冷静に」美晴に向かって呼びかけた。

「なんだよ。さっきから。どうしてお前がこの女の行動に口出しするんだよ」

　またも男に睨みつけられたが、このまま行かせるわけにはいかない。もはや最後の手段を取るしかないだろう。

「黛さん、旦那さんの件ですが――」

「……旦那？」

　反応したのは男の方が早かった。

「あんた、旦那持ちなのか」

「そうだよ。言ってなかったっけ？」

　ほら、これ、と美晴は指輪をはめた左手をあげて、男の前でひらひらさせた。爽太が部屋で見つけたあの指輪だ。あれは結婚指輪だったのか。

「なんだよ。ふざけるな！」

　男は美晴の肩を突き放した。

「何よ。いきなり！」美晴が目尻を吊り上げる。

「中古品に用はねえよ。じゃあな」

そう吐き捨てると、さっさと一人でホテルを出て行った。

男の変わり身の早さに美晴も唖然としたようだ。男が暗闇の中に消えた後で、

「そっちこそふざけんな！　調子のいいことばっかり言いやがって！　こんなことで逃げるくらいなら、最初から声なんかかけてくんな！」

わめき散らして、興奮した面持ちで爽太を振り返る。

「水っちも水っちよ。なんだってここであいつのことを言うのよ？　あっ、もしかしてあいつが私を訪ねてここに来たの？」

つい言ってしまったが、逆に怒らせてしまったか。

「いや、そういうわけではないですが」爽太は慌てて口を濁した。

「来てないの？　本当に来てないの？」

美晴はさらにまくしたてる。こういう状態でも、嘘をつくのは心苦しかった。

「今日は——来てないです」

今日は、という部分を小声にして返事をした。すると美晴はあからさまに不満そうな顔をした。

「なあんだ。そうか。ホテル暮らしも飽きてきたから、迎えに来たら帰ってもいいと思ったのにさ」と口にする。

その発言には爽太の方が驚いた。

「帰ってもいいって、本当にそう思っているんですか」

「外食やお弁当ももう飽きて、自分でご飯を作りたくなっちゃった。私こう見えても創作料理がうまいのよ。どんどん頭の中にアイデアが湧いてきて、それを自分で作ったのに、あいつは何を作っても美味しいって言わないの。そういうのって、ひどいと思わない？　塩と砂糖を間違えたり、出汁《だし》を取らなかったくらいのことでぶつぶつ文句を言って。それでデパートやレストランの料理を買ってくるようにしたら、今度はお金を使いすぎだって怒るしさ。そういう態度が頭に来たから家出してやったの」

「モラハラやＤＶが家出の原因って聞いたような気がしますけど」

　爽太がおずおずと言うと、

「もちろんそれもあるわよ。でもたまりにたまった理由がたくさんあるの。お金を使いすぎだの、動画配信はやめた方がいいだの、もっとちゃんとした料理を作れだの、色んなことを言われて、カアって頭に血が上って、それで気がついたら荷物を持って、タクシーに乗っていたってこと」

「旦那さんが迎えに来たら帰ってもいいと言いましたが、本気で言っていることですか」

「もちろんよ。だって独りでいると、誰とも喋れなくて、つまらないんだもの」

「……旦那さんの名前は敏郎さんで間違いないですか」

「どうして水っちが知っているの？　名前を言ったことがあったっけ？」

「毛皮の襟がついた黒いジャンパーを着た方ですよね」

「毛皮じゃなくてフェイクファーだけど。……もしかしてあいつがここに来た？」

「ここには来てはいませんが、でもホテルの外で見かけました。」

美晴は目を見開いた。

「へえ、来たんだ。外にいたって、あいつらしいかも。気が小さくて、根性なしなんだ。そうやって私のことを待っていたのかな」

へへへ、と美晴は笑って、「なんだ。そうかあ。思い出したら話がしたくなっちゃった」と口にする。

そしてスマートフォンを取り出すと、ロビーのソファに座って電話をかけはじめた。深夜だが、相手はすぐに出たようだ。親しげな口調で何かを話し出す。

なんだ。これで収まるのかな。

期待を込めて様子を窺っていると、「ああ、もう！」と大きな声がした。あらためて見ると美晴が電話をしながら泣いている。

ダメだったのかと焦ったが、

「家に帰る！」と美晴が電話の相手に叫んだので驚いた。

「チェックアウトするからタクシーを呼んで」

電話を切ると、美晴は爽太に言った。

「帰るって所沢にですか。今だと深夜の割増料金がかかりますが」

「いいの。早く帰りたいの。荷物をまとめるから、その間にタクシーを呼んで」

美晴は断固とした口調で言い放った。一瞬、呆気《あっけ》に取られたが、よく考えれば朝まで待って心変わりされたら、その方が困る。

「わかりました。でもタクシーを呼ぶのは荷物をまとめた後でいいと思います」

「わかった。じゃあ、また後で」

美晴は小走りにロビーを横切り、エレベーターに乗り込んだ。

荷物をまとめるのに一時間かかった。その荷物を部屋からおろすのは爽太が手伝った。

積み込む荷物の多さに、タクシーの運転手は面食らった顔をしたが、所沢と行き先を告げると相好を崩した。

「重量があるので、スピードを出さずに安全運転で行きますね」

荷物に挟まれて、身を縮こまらせている美晴に声をかけている。

美晴はそのままチェックアウトして、朝になって出勤してきたくるみと落合さんは、その話を聞いて驚いていた。

旦那さんと仲直りして家に戻ったようだ、と伝えると、本当かしら、信じられない、動画配信を見ていればどうなったかわかるかも、と言い合った。

ホテルからすれば、これで問題は解決だ。

しかし当の美晴と敏郎にすれば、ここからがはじまりになるわけだ。

少し経ったら、もらった名刺の電話番号に連絡をしてみよう、と爽太は思った。

美晴が病気を治すためには夫の協力が必要不可欠だ。知らないままでは、この先また同じことが繰り返される。そうならないためにも、自分ができることをしておこう。

薬や病気のことを告げないまでも、美晴が治療に専念できる環境を作ってあげられるようにアドバイスしようと思ったのだ。

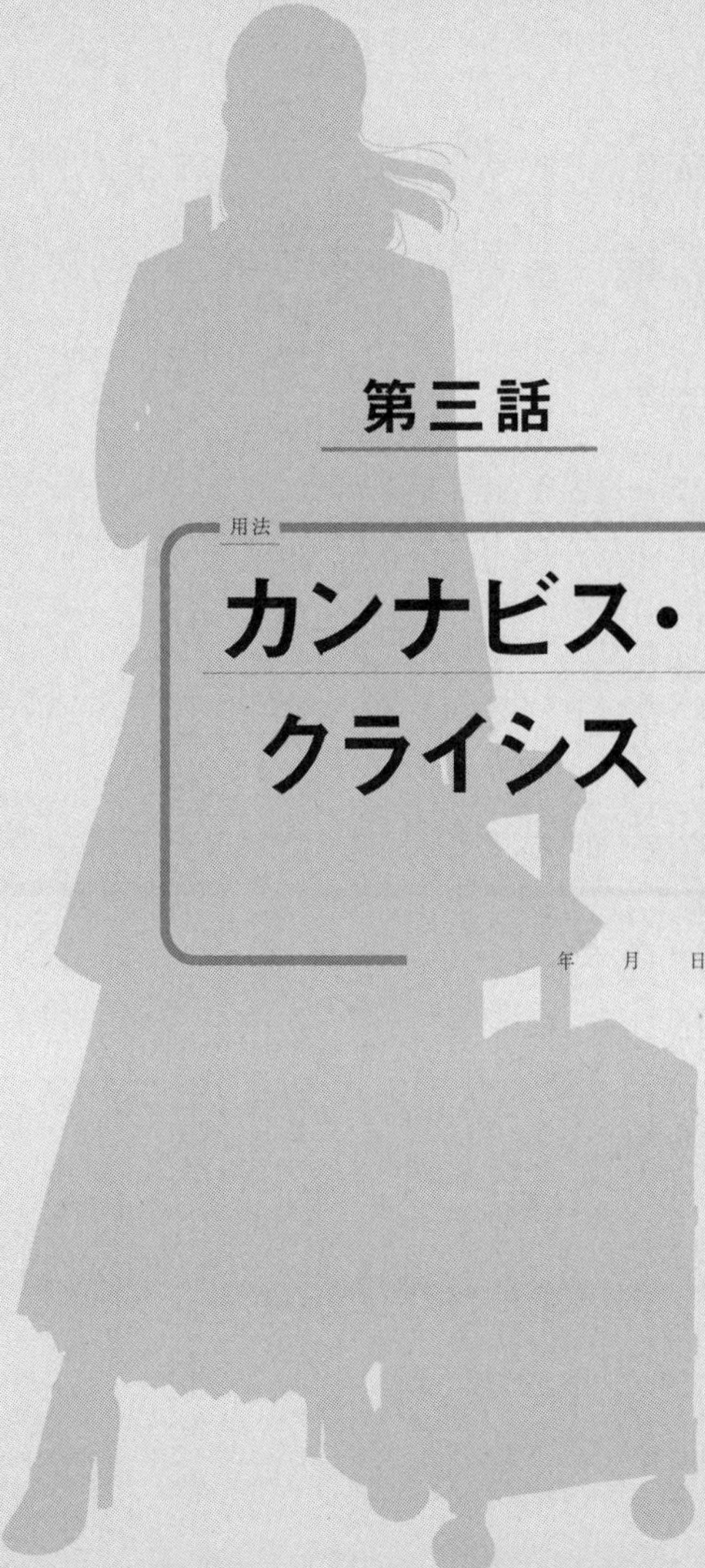

第三話

用法

カンナビス・クライシス

年　月　日

1

「新しい薬剤師が入ったんですよ。早瀬《はやせ》朱音《あかね》さんといって、毒島さんよりも年上のベテランです」

どうめき薬局の近くに新規開業したカフェで、チーズケーキをフォークで切りながら、刑部さんが憂鬱そうに言う。

「あまり嬉しそうじゃないですね」

爽太はコーヒーを一口飲んで、遠慮がちに訊いた。

『話をしたいのですが時間は取れますか』

無料通話アプリでそう連絡があったときから、普段とは違うなと感じていたが、こうして会ってみると、旅行の時以上に顔つきが暗くなっている。

「性格に難ありな人なんです。社長や方波見さんの前ではいい顔をするくせに、私や毒島さんの前ではろくに返事もしないし、段取り無視で仕事を進めて、注意しても直そうとしないんです」

毒島さんが注意してもあらためないそうだ。

「自分のやり方の方が合理的だって威張るんです。それ以外にも患者さんへの応対にも問題があります。相手によって口調や態度を変えて、それがクレームにもつながってます」

怒りを抑えた口ぶりで、フォークで切り分けたチーズケーキを口に放り込む。

毒消し山荘への旅行から戻って、すでに一ヶ月半が経っている。方波見さんは、旦那さんの体調が戻らず、いまだに休みを取りながら仕事をしているそうだ。それでパートタイムの薬剤師を募集して、採用されて働き出したのが早瀬さんだった。

調剤薬局での経験が十年以上というふれこみだったが、実際に仕事をはじめてみると想像以上に適当だった。

「世間話は一切しないで薬の説明をして渡すだけ。言葉遣いも慇懃無礼《いんぎんぶれい》で、嫌々ながら仕事をしている態度を隠そうともしないんです。だから患者さんから避けられたり、トラブルにもなっています。医療事務の人にも偉そうな態度で威張って、一緒に仕事をしていてストレスばかりたまります。私だってそこまでの仕事はしてないですが、さすがにあれはひどいです」

刑部さんは憤懣《ふんまん》やるかたない口調で話を続ける。旅行中のことを思い出し、メンタルの状態が心配になってくる。

「毒島さんは何と言っているんですか。その早瀬さんのこと」

「特には何も……。私が文句を言うと、まだ来て日が浅いので慣れていないせいではないかといいなされました」

普段から人の悪口を言わない人なんですよ、毒島さんは、と刑部さんは口をとがらせる。

「早瀬さんは、私よりも経験ははるかに豊富です。話をしていて毒島さん並みに薬の知識があることもわかります。だからやろうとすれば、もっとできるはずなんですよ。でも手抜きと不親切の連続で、仕事ぶりを見ていて、とにかく苛立ちばかりが募ります」

毒島さんが泰然としているために、ストレスを発散する場がないそうだ。

「社長や方波見さんには相談できないんですか」

「方波見さんに余計な心配はかけたくないですし、社長に言うのも告げ口するみたいで気が引けます。問題行動があれば、それはもちろん言いますが、現状そこまでのことではないんです。そういう意味では、わかってやっているような気もします」

たしかに部下に当たりが強いのに、上司の前だところりと態度を変える人はいる。

爽太の職場にも以前そんな先輩がいた。

「偏見かもしれませんが、早瀬さんはあちこちの薬局で問題を起こして、それで勤め先をころころ変えているようなタイプの人に思えます。周囲への協調性、それから仕事に対する責任感や患者さんに対するリスペクトがありません。薬剤師の仕事は生活のためにやっているという感じです」

粉砕とか一包化とかの指示があると、私はこんなことをするために薬剤師になったんじゃないわよ、とグチグチと文句を言ったり、どんな添加物が入っているかもわからないから後発品《ジェネリック》は嫌と言う患者がいると、先発品にも添加剤は入っているわよ、聞き齧った知識を偉そうに吹聴するんじゃないわよ、と陰でぶつぶつ文句を言うそうだ。

「数日前も、患者さんとトラブルを起こして……。六十代の女性の患者さんなんですが、バスが三十分に一本しかないから間に合うように薬を出してくれって、命令するように言ってくる人なんです」

投薬を担当したのが早瀬さんだった。どうしてこんなかかるのよ、バスの時間に間に合わないじゃない、と頭ごなしに文句を言われて、順番通りにやってます、嫌なら二度と来ないでください、と返事をしたらしい。

「調剤薬局なんてどこにでもあるんだから、もっとサービスのいいところを探してそちらに行けばいいじゃないですか、と言ったんですよ。案の定、その態度は何よ、責任者を出しなさいよ、とその患者さんは怒り出して、最終的に社長がお詫びする羽目になりました」

「社長はそれでも早瀬さんを叱《しか》らないんですか」

「そういう時はすぐに謝るわけです。かっとなって、つい言い返してしまった、二度としないので許してくださいって。その患者さんがそういう人だということは社長も知っていたので、同じことを二度としないように、という注意だけで終わりました」

もっと怒ってもいいと思うんですが、とにかく社長は甘いんです、と刑部さんは不満そうに言う。

「そういう人が仕事場にいると大変ですよね。入社したばかりの頃、やっぱりそういう先輩社員がホテルにいました」

その先輩社員は、仕事は見て覚えるものだと言って、何も教えようとしない人だった。そのくせ失敗すると必要以上に怒るのだ。どうすればいいのかと訊いても、そんなことは自分で考えろとしか言わない。それでいながら考えていると仕事が遅いと怒鳴られる。さらに自分で考えろと言いながら、やり方にあれこれと口を出す。自分が思った結果が出ないと、いつまでもぶつぶつ文句を言い続ける。言うことに一貫性がなく、昨日はこういう手順で進めろと言ったものが、次の日にはそんなことを言った覚えはないと言い放つ。

一緒に仕事をしていて、面倒だと思っても、よかったと思うことがない人だった。

それとは対照的なのが馬場さんだ。自分の経験に基づいて、丁寧に話をしてくれるから、仕事の手順が一度で頭に入って、覚えやすかった。失敗しても、声を荒らげて怒るようなことはしないで、何が悪かったかを自分で考えさせて、それを繰り返さないように諭《さと》すのだ。

馬場さんがいたから、めげることなく仕事を続けることができた。爽太は今でもそう思っている。その先輩社員はすでに退職して今はいない。

爽太はその話を刑部さんにした。馬場さんがメンタルクリニックでうつ病と診断されて、休職を申し出たことはもちろん言わなかったけれど。

「問題のある人はどこでもいるものなんですね」

爽太の話を聞いて、刑部さんは口を結んで首をふった。

「それで昨日のことなんですが、薬歴の書き方で早瀬さんと揉めてしまって」

薬歴とは薬剤服用歴のことで、調剤や服薬指導の記録となるものだ。患者に合った薬を提供するための情報であり、同時に調剤報酬請求の根拠にもなる、という話を前に毒島さんから聞いたことがある。

「記録するだけのものではないんです。患者の基礎情報からはじまって、処方及び調剤内容、既往《きおう》歴や服薬状況、体質、服薬中の体調の変化、患者や家族の相談事項、今後の管理、指導の留意点などを記す必要があるんです。書き方にも決まりがあって、SOAPに沿って書くのが一般的とされています」

SOAPとは、サブジェクト、オブジェクト、アセスメント、プランの頭文字をつなげたもので、それぞれ患者の主観的な情報、客観的情報、薬剤師の分析・見解、今後の方針を意味しているそうだ。

「ウチは電子薬歴で、レセプト用のコンピュータに書式があるので、そこまで大変ではないですが、混んでいるときはくわしく記入する暇がないので、ポイントを箇条書きにして、手が空いた時にまとめて記入することもあります。この前、待合室から人があふれるほど混んでいて、夜になってからレセコンに入力する日がありました」

処方箋の枚数が多くて、すべてを書き終えた時には終業時間を過ぎていたそうだ。

しかし早瀬さんはといえば、すでに書き終えて退社していた。これまでも薬歴を書くために残っているのを見たことがない。刑部さんはレセコンを操作して、早瀬さんの書いた薬歴を見た。後学のためにと思ったのだが、その内容に驚いた。ほとんどがテンプレートのコピーペーストだったのだ。薬歴は服薬指導をするために必要な情報なので、きちんと記されていないと次回以降に適正な指導ができない。

「Do処方の患者であれば、それでも事足りますが、ポリファーマシーやハイリスク薬の処方もそうなっているのはさすがに変だと思ったんです」

「話の腰を折るようで申し訳ないんですが、Do処方とか、ポリファーマシーとか、ハイリスク薬って何ですか」

言葉の合間に爽太は質問した。

「Do処方は前回と同じ処方という意味です。ポリファーマシーは、服用する薬剤数が多数あって、有害事象のリスクが増加し、服薬過誤などの問題がある状態、ハイリスク薬は適切に使用しないと医療事故や重大な好ましくない状況《インシデント》につながる薬です」

抗悪性腫瘍《しゆよう》剤や免疫抑制剤、抗ＨＩＶ薬、抗てんかん剤、血液凝固阻止剤、精神神経用剤、糖尿病用剤などを指すそうだ。

「糖尿病の薬も含まれるんですか」

「血糖値を下げる効果がありますから。飲み方を間違えれば、低血糖を起こして、重大な健康危害を引き起こします」

その話も以前に聞いたことがある。ふと馬場さんのことが頭をよぎった。いまは糖尿病予備軍だが、将来的には糖尿病になる可能性もあるわけで、そうなったらうつ病の薬と糖尿病薬を同時に服用することになるわけだ。

「複数のハイリスク薬を同時に服用するのは、危険なことじゃないんですか」

「担当の医師が把握しているなら、大きな危険はありません。そういう患者さんはたくさんいますから。ただし担当の医師が複数いて、お互いに事情を知らない場合は、薬の情報が共有されず、問題が生じる危険があります。そういったときに患者や医師をフォローする役目が薬剤師にはあるんです」

ハイリスク薬が複数処方されている場合、そのすべての薬剤について薬学管理と指導を行い、それを薬歴にまとめる必要があるそうだ。

「薬歴を記入するには、ある程度の時間が必要になります。一人の記入に三分かかるとして、三十人なら合計で九十分です。でも早瀬さんは混んでいるときでも、後回しにすることなく、その場ですらすらと書き上げて、定時にパッと帰るんです。薬歴をコピーペーストすることが悪いわけではないですよ。でもすべての患者さんにそれをするのはおかしいです。他の薬剤師が見て服薬指導の参考にするものなので、そんないい加減な書き方をされると、次に役に立ちません」

そんな心配をしていたところ、今日になって問題が起こったそうだ。

刑部さんが投薬したのだが、前に頼んだことができていないとクレームを受けた。慢性疾患で長い期間薬を飲み続けている人で、最近近くに転居してきた人だった。ずっと飲んでいる薬だからよく知っている、ゴミになるだけだから薬袋も薬剤情報提供書もいらない、と前回伝えていたという。

薬歴を見ると、前回の投薬は早瀬さんだった。しかしそういったことは薬歴に記載されていない。申し訳ございません、次回からは必ずそうします、とその患者さんには謝って、後で早瀬さんに確認した。

しかし早瀬さんは、「そんなこと言っていたかしら」と面倒そうに言い放った。

「たしかに伝えた、と患者さんは言っていました」

「じゃあ、そうなんでしょうね。でもだから？　何か問題があるかしら」

「患者さんの要望を記録しなければ、次にクレームになるのは当然じゃないですか。どうして記録を残さないんですか」

「薬のことならともかく、薬袋や薬剤情報提供書なんてどうでもいいわ。私たちはホテルのコンシェルジュじゃないのよ。そんなのはいらないと言われたら、引っ込めればいいだけのことじゃない」

「そんないい加減なことはしないでください。クレームの種をまいているようなものじゃないですか」

「じゃあ、言わせてもらうけど、薬剤師法では調剤した薬剤について、〈それを使用する患者が適正に使用するために必要不可欠な情報を記載すること〉を義務付けているのよ。薬袋も薬剤情報提供書もなしで薬を患者に、その情報をどうやって担保するって言うのよ」

「情報は、患者さん本人がすでに知り得ている内容じゃないですか」

「日常的に服用している薬でも、毎回同じ用法や用量とは限らないでしょう。なによりＰＴＰシートだけを渡したら、調剤された年月日がわからなくなるじゃない。薬剤師の仕事は、患者の身勝手な申し出をただ受け入れるのではなくて、そういったことを説明するところにあるんじゃないのかしら」

早瀬さんはしれっとそんなことを言う。たしかにそれは正論だ。刑部さんは一瞬言葉につまった。それでも、「だったらそういうことも含めて薬歴に残したらどうですか」と言った。しかし早瀬さんは、「嫌よ。面倒だもの」と首をふる。

「記入するのが面倒なら、それをその場で患者さんに説明してくださいよ」

「そんなことを言って、またクレームになったらどうするのよ。前も社長に迷惑かけたばかりだし、また同じことをしたらクビになっちゃうわ」

「クレームにならないように、丁寧に説明すればいいじゃないですか」

「それは無理。苦手なのよ。環境問題に配慮しているつもりで、間が抜けたことを言っている人に、世の中の道理をきちんと説明することは」

何を言っても返ってくるのは言い訳ばかりだった。


話をしたことで、また怒りがこみ上げてきたようで、

「何なんでしょうか、あの態度。本当に舐めてます」と刑部さんは声を荒らげる。

「その話を毒島さんにしたんですか」

「毒島さんは昨日、今日とお休みでした」刑部さんは残念そうに言った。

「それに旅行の時のことがあるじゃないですか。あれから仕事の相談を毒島さんにはしづらくて……」

悪酔いして毒島さんにからんだことを言っているようだ。

「世間話は問題ないんです。でも仕事の話、それも人間関係にからんだ話だと言いづらいんです」と刑部さんはため息をつく。

「それで、今日、水尾さんを呼び出したのは、あの時のことを確認したいからという理由もあったんです。あの時、私は毒島さんにどんなことを言ったんでしょうか。すごいとは思いますが好きではないです——とか言いましたよね。他には何か言いましたか」刑部さんはおずおずと訊く。

「いや、それ以外には言ってないですよ。だから毒島さんが刑部さんを悪く思っていることはないと思います」

　爽太は慰めたが、刑部さんは納得しない。

「毒島さんがそういうことを根に持つ人じゃないことはわかっています。でも何を言ったのかわからないと、どうしても気後れして……」

「酒が入っていたので、僕も正確に覚えていないんです。断片的でいいならお話ししますけど」

「それでもいいです。教えてください」

「わかりました」

　爽太は記憶を辿って、思いつくことを口にした。ただし刑部さんが気に病むだろうことは除外して。

刑部さんは神妙な顔で聞いていたが、そこまでの内容ではなかったことから、「よかった。安心しました」と息を吐き出した。

「毒島さんが刑部さんを部屋に送っていた後のことはよくわかりませんが」

「その時のことはなんとなく覚えています。薬剤師として今後どうしていきたいかとか、業界の今後の展望についての話をした記憶があります」

「あれだけ酔っていて、そんな話題になったんですか」

「話をしていたのはもっぱら毒島さんですね。酔えば酔うほど真面目な話を熱心にする傾向が彼女にはありますから」

それはわかるような気がする。

「でも話を聞いてよかったです。これで余計なことを考えないで毒島さんと話ができます」

「それならよかったです」

「こんなことで思い悩むのも、都会でストレスにまみれて生きているせいですかね」

刑部さんは自嘲するようにつぶやいた。

「余計なことに気を遣わないで、もっと自分のペースで生きていきたいです」

「同感です。でもなかなかうまくはいかないですね」

爽太も頷いて、「実は、僕も仕事上でトラブルを抱えているんです」と言った。

「トラブルですか。何があったんです?」刑部さんは驚いた顔になる。

「誹謗中傷《ひぼうちゅうしょう》というか、クレームを装った嫌がらせを受けているんです」

「それって深刻な話じゃないですか。どういうことですか」

刑部さんに真顔で訊かれて、爽太はその話をした。


ことの始まりは十日ほど前だった。

ホテルのホームページの予約サイトの口コミにクレームの投稿があったのだ。

若い男性スタッフの態度が悪い、という内容だった。言葉遣いが悪い、笑顔がない、呼んでも聞こえないふりをする、そんなことが箇条書きで書き連ねてあった。

ネットを検索すると旅行会社が運営する予約サイトの口コミや匿名掲示板にも同じような内容の書き込みがあることがわかった。

「閲覧者数の多い大手旅行会社の予約サイトには、こんな長文のクレームが投稿されていました」

スマートフォンのスクリーンショットに保存した、その投稿を刑部さんに見せた。

『先日、宿泊しましたが若い男性スタッフが最低でした。

男の客にはかしこまって対応するくせに、女の客には言葉遣いも悪く、馴れ馴れしくて、態度も乱暴です。

近くのコンビニに出かけたら、そのスタッフが若い女の客と一緒に買い物をしているのを見かけました。

手を組んだり、腰に手をまわしたり、まるで恋人のような態度です。

前の夜にそのスタッフとその客がフロントで長い時間話し込んでいるのを見たことを思い出しました。

仕事中にナンパして、一緒に買い物に行くなんて最低最悪なスタッフだと思います。

それとも恋人を部屋に泊まらせて、仕事の合間にイチャイチャしているのでしょうか。

どちらにしても公私混同には違いありません。

猛省を求めます。

二度と泊まらないので、どうでもいいですが、他の方のために書いておきます。

重ねて言いますが最低です』

読み終えた刑部さんが不思議そうに顔をあげる。

「これって実際にあったことなんですか。水尾さんってそういうタイプの人ではないと思っていましたが」

「この投稿主が目にしたことは概《おおむ》ね事実です。でも一方的な見方で、僕がそうしたことには理由があるんです」

爽太は言葉を選んで説明をした。

「その女性客とコンビニに行ったのも、その前の夜にフロントで話をしていたのも事実です。でも僕から手を組んだり、腰に手をまわしたりはしていません。相手の女性がしなだれかかってくるようなことはありましたが、やんわりかわしていたので、直接の接触はなかったと思います。だから恋人のような態度というのは違うと思います」

「その女性客は水尾さんのお知り合いなんですか」

「すでにチェックアウトしていますが、長期滞在の方でした。くわしい事情は言えませんが、一人で買い物に行くのが嫌だと言われて、コンビニまで付き添ったということです。深夜のフロントでの話も向こうから話しかけられたものでした。フロントにいて、宿泊客から話しかけられたら、余程のことがない限り、こちらから話を打ち切ることはできません」

「理由《わけ》ありのお客さんへの対応で、特別扱いをしていると誤解されたということですか」

刑部さんはすぐに事情を理解してくれたようだった。

「それにしてはこの投稿の文章に悪意があって、断定的な書き方をしていますが」

「困っているのはそこなんです。この書き方からして、誤解から生じたクレームとは思えません。最低の社員がいる最悪のホテルだってコメントが、その後も断続的に投稿されているんです。予約サイトの運営本部にもかけあっていますが、宿泊客の感想という範囲を逸脱していないので対処はできないという返事でした。これ以上続くようなら警察か弁護士に相談するしかないという状態です」

「そうだったんですか。ウチに負けず劣らず大変ですね」と刑部さんは同情的な声を出す。

「投稿した人に心当たりはないんですか」

「ないですね」

「以前、宿泊客とトラブルになったということは？」

「それも覚えがありません」

「宿泊客を装ったホテル関係者とかいうことは？　仕事のことで誰かと揉めて、その腹いせに投稿されたとかいうことはどうでしょう」

「宿泊客であれ、スタッフであれ、他人から恨みを買う覚えはありません。この書き方からして、投稿主は実際に僕と女性客を見たんだと思います。だけどここまで悪意をもって書かれる理由がわかりません」

「でも逆恨みってこともありますよ。一方的な倫理観や正義感で、他人の行動を批判する人も世の中にはいます。ウチの薬局でも、待合室で母親が子供をほっぽらかしてスマホを見ていた、どうして注意しないのか、というクレームが来たことがありますし」

「間違った正義感みたいなことですかね。それでその後にこんな投稿もありました」

爽太は別のスクリーンショットを刑部さんに見せた。

『Mという男の社員にジロジロ見られました。セクハラ常習犯の目つきです。不快なのでやめさせてください』

『先日、泊まりましたが、若い男性スタッフのチャラい対応が嫌になりました。きちんと社員教育をしてください』

『若い男性社員の目つきがおかしい。クスリをやっているのではないですか。会社はきちんと調査をすべき』

「ひどいですね。完全に個人攻撃じゃないですか」刑部さんは顔をしかめた。

「今は消されているんです。投稿して、数時間経つと消すということを繰り返しています」

それはたまたま見つけて記録したものだった。これが個人攻撃だとして、しかしその相手が爽太とは限らない。爽太以外にもMというイニシャルのスタッフはいる。

「フロント支配人が本橋《もとはし》という苗字で、イニシャルはMなんです」

「そういうところも嫌らしいですね。ジロジロ見られて、という書き方からすると女性のようですが、たとえば以前つきあっていた女性からの逆恨みということは？」

刑部さんは横目で爽太の顔を見る。

「ないです。身に覚えはありません」爽太は苦笑いして手をふった。

「恋愛に限らなくても、学生時代に誰かの恨みを買ったということはないですか」

「それも考えたんですが、思い出せることはないんです」

どうしてこんなことが起きるのか、不思議でならないというのが本音だった。

恨みがあるのはホテルに対してで、たまたま目にした自分の行動にクレームを入れているのかもしれないとも考えた。しかしホテルが絡んだトラブルはないし、他のスタッフへのクレームもない。やはり自分への個人攻撃と考えるのが自然だった。

「宿泊客が投稿したものだと仮定すると、書き込んだ内容から泊まっていた期間がわかります。それで女性客とコンビニに行った日と、その前夜にフロントで話をした時の防犯カメラの映像をチェックしたんです。するとその両方に映っている宿泊客がいることがわかりました」

その二日前から宿泊していた女性客だった。爽太と美晴が深夜フロントで話をしていた時には、ちょうどエレベーターから降りてきたところで、二人がコンビニに出かけた時には、その後を追うようにエントランスから出て行った姿が映像に残っていた。

「その女性客は知っている人ですか？」

「いいえ。宿泊カードも見ましたが、まったく知らない人でした」

その女性客のチェックインを担当したわけでもなく、接点は何もない。誹謗中傷される覚えはまったくないというのが正直なところだ。

「あくまでも状況証拠であって、その女性客が投稿主だとする根拠はないんですが」

彼女は四泊して、すでにチェックアウトしていた。過去に泊まった履歴はないし、今後泊まる予約もない。

「これで終わればいいんですが、また何かあるんじゃないか、もっとエスカレートするんじゃないかと想像すると落ち着かないです」

「そういうことなら私よりも大変じゃないですか」

刑部さんは同情するように言ってから、「そうだ。これを使ってみますか。この前、ネットで注文したんです」とバッグをあけて、ごそごそと中で手を動かした。

「あれ、どこだっかな……持って来たはずなのに……」

これかな、と取り出した小さな袋には赤くてまるいお守りが入っていた。

「あっ、違った」

そのお守りには見覚えがあった。京都三十三間堂《さんじゅうさんげんどう》の頭痛封じ守だ。以前、京都で仕事をしていた宇月が、東京に来たときにお土産として配ったものだ。ホテルではくるみや落合さんも受け取っていた。同じ物を刑部さんも受け取っていたわけか。刑部さんが頭痛持ちだとは知らなかったけれど。

「ありました。これです」

刑部さんは別の小さな布袋を取り出した。中にはガラスの小瓶が入っていて、瓶にはＣＢＤというシールが貼ってある。

「これって、もしかして……」

カンナビジオールを含有したオイルだ。

「毒島さんの話に興味をもって、あれから色々と調べてみたんです。大麻やＴＨＣは違法ですが、ＣＢＤについては間違いなく合法でした。ネットを見たら、色々な製品が売られていたので、興味が出て買ってみたんです」

刑部さんは説明してくれた。

「ちょっと使ってみませんか」

毒消し山荘のリラクゼーション体験のことを思い出す。心が落ち着き、いつのまにか眠ってしまった。こういった時のストレス緩和に役立つだろうか。

「刑部さんも使ったんですか」

「はい。何回か」

「効果はどうでしたか」

「それを自分で確かめてみてください」

刑部さんは悪戯っぽい笑みを浮かべて、小瓶を爽太に手渡した。違法ではないが、公衆の面前でおおっぴらに使うのはなんとなく後ろめたい。洗面所に行って、洗面台の前でスポイトを使って舌下に垂らした。山荘で使った物より脂っぽい味がした。そのまま舌下に溜めて、唾と一緒に飲み干した。

席に戻って刑部さんの向かいに腰かける。

「……どうですか」

刑部さんが爽太の顔を覗き込む。

「顔がポカポカしてきました。アルコールを少し飲んだときの感覚です」

「気分が悪いとかいうことは？」

「ないです。顔が火照《ほて》っているような気はしますが、特にリラックスするような感覚はありません」

「もうちょっと様子を見ましょうか」

しかし五分経っても、十分経っても、それ以上の変化は見られなかった。顔の火照りもいつのまにか消えている。毒消し山荘の時のようなはっきりした効果は得られない。

「変化はないです。ダメですね」

爽太が言うと、「そうですか」と刑部さんは肩を落とした。

「実は、私も同じです。ちょっとポカポカする気がしましたが、リラックスしたり、ストレスが緩和するような気配はありませんでした。ネットの口コミがいいものを選んだんですよ。アメリカからの輸入品で、金額的にもそれなりにするものです」

「でもあの山荘で飲んだものと違いますね」

あの時は飲んでしばらくしてから、体がポカポカして、本当にリラックスした気持ちになれたのだ。

「あの時に使ったオイルの製品名や濃度がわからないので、比較ができないんです。製品の差異なのか、濃度や容量の違いなのか、あるいはヨガや音響、明暗との相乗効果によるものだったのか。プラセボ効果の可能性もありますし、それで水尾さんにも試してもらったというわけです」

個人差があるのかもしれないとも思ったそうだ。

「大麻草からCBDを抽出するのもいくつか方法があるようです。オリーブオイル抽出とか、アルコール抽出とか、超臨界二酸化炭素抽出とか……。オリーブオイル抽出やアルコール抽出は、低コストで早く大量に抽出できるんですが、日持ちしなかったり、異物が残留しやすくなるようです。超臨界二酸化炭素抽出は、高圧・低温下で高品質なCBDを抽出できますが、設備投資が必要なので高価になるというデメリットがあるようです」

「これはどんな方法で抽出されたオイルなんですか」

「それが書いてなかったんです。そういうことがわかったのが、これを購入した後だったので……」

「違う製品なら、はっきりした効果があるかもしれないということですか」

「オンラインショップでは、買ってみないとわからないですからね。オイルの他にもリキッドやクリームなどの製品もあるんですが――」

他にも保湿クリームに混ぜられた製品や、CBDを混ぜたガムやグミ、チョコレートなども売られているが、どれもオイル以上に効くとも思えない。

「だとすると、毒消し山荘のCBDオイルが何だったのが気になるところですね。高品質な製品だったのか、それとも別の何かが混ざっていたのか……」

「CBDを抽出する際、THCが混入することはあるようなんですよ。厚労省のホームページを見ると、海外から輸入したCBDオイルから微量のTHCが検出されて、回収命令が出された例もあるようですから」

故意に、あるいは知らないうちにTHCが混入した可能性もあるわけだ。健康食品やサプリメントと一緒で、ＣＢＤオイルにも過剰な効果を求めるのは控えた方がいいということか。

「ストレス解消に効くという謳い文句でしたが、使用してもはっきりした効果を感じられないで、却《かえ》ってモヤモヤしてストレスが増えた感じです」と刑部さんは笑った。

「じゃあ、お金を損しただけですね」

　爽太は刑部さんの手元にあるＣＢＤオイルの瓶に目をやった。

「でも健康状態に問題を抱えて、薬を飲んでいる人は、普段からこんなモヤモヤを抱えているんだなってことがわかりました。このＣＢＤオイルを試している間も、効けばいいいな、効いてほしい、効くはずだ、どうして効かないんだろうって、そんなことばかりを考えていましたから。最後には、この製品が粗悪品なんだ、別の製品を買えば効くかもしれないと、さらに高価で怪しげな製品を買いそうになりました」

　決済のボタンを押す直前に考え直して事なきを得たが、その時になって、心身に病気や不調を抱えている人は、こんな気持ちを抱えながら日々を過ごしているのだ、と気づいたそうだ。

「この薬は本当に効くのか、もっといい薬が他にあるんじゃないのか、と考えて、薬剤師に不信感を覚えている患者さんが、思いのほかいるんじゃないかって気づいたんです。自分が健康だと、患者さんの気持ちがなかなかわかりません。理屈ばかりを押しつけずに、患者さんの薬に対する不安を察して、そこに寄り添って、理解し、不安を和らげるように説明する態度が必要だって、そういうことをあらためて考えようと思いました」

そういう意味では、これを買ったことも無駄ではなかったかもしれません、と刑部さんは自分に言い聞かせるように口にした。

「そういえば、薬剤師をこのまま続けていいのか迷っていると旅行の時に言っていましたよね。それは解決したんですか」

「いつも思い悩んでいるわけではないんです。そんな迷いが心の片隅にわだかまっていて、何かの時に心の中にムクムクと湧き上がってくるような感じです。あの時は旅行の高揚感と解放感で、つい口にしてしまいました。そこまで本気で悩んでいるわけではないので、すぐに仕事は辞めません。ご心配をおかけしてすみません」

刑部さんは申し訳なさそうに頭を下げた。

2

翌日、爽太はくるみと日勤に入っていた。

空いている時間に、タブレットを使って、予約サイトの口コミや匿名掲示板を見てまわったが、新しいクレームや誹謗中傷の投稿は見当たらない。

「とりあえず終わったようですね。でもいったい何だったんでしょうか。あの投稿」

タブレットを操作する手を休めて、くるみが呟《つぶや》いた。

「何が目的なのか、わからないことが嫌ですね」

「目的なんかなかったのかもしれないよ」

美晴は容姿、言動ともに目立つ存在だ。事情を知らない者からすれば、どうしてあんな客を特別扱いしているのだ、と腹を立てることもあるだろう。

「チャラチャラした女性に懐かれて、デレデレしているホテルマンがいる、許せないと思われたってことですか」くるみは声をひそめて、

「私、この話を最初に聞いたとき、犯人は黛さん本人かもしれないって思ったんですよ」

「どういうこと?」

「黛さんって、性格が一八〇度変わる病気を患っているじゃないですか。それって二重人格ってことですよね。だからチェックアウトして家に戻った後、別の人格が出たのかもしれないって思ったんです。彼女、水尾さんを気に入っていたじゃないですか。でも水尾さんは誘ってもなびかなかった。それを逆恨みして、あんな投稿をしたのかもしれないと思ったんです」

「黛さんは双極性障害であって二重人格じゃない。それはとんでもない誤解だよ」

美晴の病気のことはくるみにだけ打ち明けていた。突然チェックアウトしたことを訝《いぶか》って、大丈夫でしょうか、とさかんに心配していたからだ。しかしそんな誤解をされているとは思わなかった。

双極性障害は、躁とうつを繰り返す病気であって、人格が複数になる病気ではない。そして美晴が個人的に自分を気に入っていたわけでもない。ホテル滞在中は常に躁状態にあって、手近にいる人にフレンドリーに接したくなる心理状態にあったのだ。たまたま近くにいたのが自分だった。異性として気に入っていたわけではないから、爽太の方から距離を取ったことを怒るはずもない。

やはりうかつなことは言うのではなかった。その思い違いを訂正しようとすると、

「そうなんですよね。すべて私の勘違いでした。ミステリーの映画やドラマによく出てくるじゃないですか。まったく別の人格が心の中にいて、知らない間に悪いことをしちゃう人。黛さんがそんな人かと思っていたんですが、その話を知り合いにしたら、それはまったく違う病気だって言われちゃいました」とくるみは肩をすくめた。

多重人格と一般に言われている病気は、正式には解離性同一性障害というそうだ。

本人の混乱がひどくて、普通の日常生活さえも送れないような状態になることが多い。

「そんな都合よく複数の人格が入れ替わることなんて実際にはない、フィクションと現実を一緒にしたらダメだよ、と怒られちゃいました」

それで病気で苦しんでいる人に、あらぬ罪を着せたことを反省したという。

「認知症やうつ病のことで偉そうなことを言ったのに、自分の知らない病気には、聞き齧った知識で一方的なことを言ったことが恥ずかしいです。これからは注意しようと思いました」

それを聞いて、ほっとした。美晴の夫である敏郎には、あの後、連絡を取り、知り合いの薬剤師に聞いた話として、美晴の病気のことをそれとなく伝えておいた。勘のいい人で、すべてを言う前に察してくれて、美晴とよく話し合うと言ってくれた。

「ところで、この動画なんだけど」

爽太はタブレットをタップした。防犯カメラの映像が表示される。

「犯人だと決まったわけではないけれど、状況的にはこの人しかいないと思うんだ」

刑部さんに話をした女性客の動画だ。外部には漏れないように、パスワードをかけて、このタブレットにだけ保存してある。

身長はおそらく百六十センチ前後、髪はおろして肩にかかるくらい、せかせかした歩き方に特徴があるが、顔立ち、服装ともに地味で、人混みに紛れるとそのまま埋もれてしまうような印象だ。

宿泊カードには山川真由子《やまかわまゆこ》という氏名と、新潟県の住所が記入されていた。

四泊もしていれば、ホテルを出入りする際に目に留めたり、顔立ちや年恰好をなんとなく覚えているものだが、爽太の印象には残っていなかった。

防犯カメラには、彼女が投稿主でもおかしくはないと思わせる映像が残っていた。

爽太と美晴がコンビニに買い物に行った時は、二人がホテルに戻ってきた十分後に、彼女もホテルに戻ってきていた。

深夜に爽太と美晴がフロントで話していた時は、たまたま一階におりてきた彼女の姿を、エレベーター前に設置された防犯カメラが捉えていた。

爽太と美晴に気づいた彼女は柱の陰に隠れて、こっそり様子を窺う素振りを見せた。しばらくするとUターンして、再びエレベーターに乗り込んで上階にあがった。それは爽太に見つかるのを恐れているような行動にも見えた。

そして彼女以外に、両方の時間、防犯カメラに映っている人物はいないのだ。

「水尾さんと黛さんが、フロントでイチャイチャしているのをたまたま見つけて二人の関係を疑った。次の日にまたコンビニで見かけて決定的だと思い込み、義憤にかられてクレームを入れた――ということですか」

「普通に考えればそうなるかな」

イチャイチャはしていないけれど、訂正するのも面倒なのでやめておく。

「だけどこの山川という女性の態度には、それだけで説明できないところもあると思うんだよね。エレベーターで一階に下りてきた後、物陰に隠れて、そのままエレベーターでまた上の階に戻っている。彼女は何のために一階に下りて来たんだろう？」

「普通に考えれば外出するためですよね。コンビニとかに行こうとしていたのでは」

「じゃあ、どうして自分と黛さんを見て行くのをやめたんだろう」

「二人の邪魔をしたらいけないと思ったとか」

「いや、そんな他人に気を遣わせるようなことはしてないよ。フロントのカウンターをはさんでいるし、黛さんはざっくばらんな口の利き方をしていたけれど、自分はちゃんと敬語を使っていた。他人に誤解を受けるようなことはしていない」

「水尾さんの真面目な性格からすればそうですよね。これが馬場さんなら、口説いていたって思われても仕方ない態度を取っていたかもしれないですが」

「この時の山川さんの表情も気になる。いいところを見つけたって喜んでいるような感じがする」

防犯カメラの映像なので細かいところまではわからない。しかしエレベーターに戻る時の山川はうっすら笑みを浮かべているようにも見えるのだ。

「言われてみるとそうですね。じゃあ、やっぱり私怨《しえん》の線もありますか。水尾さんは山川さんに今まで会ったことはないんですか」

「いや、全然知らない」

爽太は口を結んで、かぶりをふった。

過去にホテルに泊まった時に何かあったのかとも思ったが、コンピューターの顧客履歴に記録は残っていなかった。もちろん名前が偽名の可能性もある。しかしその場合にはどうして偽名で泊まったのか、という疑問が湧いてくる。はじめからクレームのネタを探すつもりでここに泊まった可能性が出てくるのだ。

考えれば考えるほど、混乱して、頭が痛くなってくる。

「こんなことなら、宇月さんから頭痛封じのお守りをもらっておけばよかったかな」

爽太が冗談めかして言うと、

「京都三十三間堂のお守りですか。あれはとても効果がありますよ」とくるみは頷いた。

「あれをもらってから、頭痛が起きる回数が減ったような気がします。宇月さんにはとても感謝しています」

京都三十三間堂は、平安時代末期、後白河法皇《ごしらかわほうおう》が創建した寺院だ。後白河法皇はひどい頭痛もちだった。しかし夢のお告げで三十三間堂を創建して以来、頭痛が快癒したといういわれがある。頭痛山平癒寺《ずつうざんへいゆじ》の別名もある三十三間堂は、ヤナギの梁《はり》を使って建てられていて、解熱鎮痛剤のアスピリンの成分になるサリシンという成分がヤナギには豊富に含まれているそうだ。

「あのお守りにもサリシンが含まれているのかな」

「どうでしょう。気分的なものかもしれませんが、持っていると安心するんです」

あながちお守りも馬鹿にできないものらしい。

「とにかくこのまま終わってくれるといいですね」

「釈然としない気持ちが残るけど、そうなってくれるとありがたいかな」

胸にもやもやした気分を抱えながらも、爽太はタブレットを置いて頷いた。

3

『また問題がおきました。今は仕事中ですか？』

刑部さんから無料通話アプリで連絡があったのは、数日後の昼過ぎのことだった。

『夜勤明けで帰るところです』

『これから会えますか』

『いいですよ。問題って何ですか』

『会ってから話します。風花で待っています』

おそらく早瀬さんに関係することだろう。

風花に着くと、刑部さんは窓際の席でサンドウィッチを食べていた。爽太は向かいに座ってコーヒーを注文する。

「何があったんですか」

刑部さんはそっとあたりを窺ってから、背中をかがめてテーブルの上に身を乗り出した。爽太にも近づくように目で促して、

「二日前ですが、麻薬がなくなったんです。金庫から」と囁くように言った。

麻薬という言葉に思考が一瞬停止する。

「麻薬って、薬局で取り扱っているものなんですか」

「麻薬といっても大麻や覚せい剤のことじゃないですよ。ケシから作られる鎮痛剤などを麻薬と呼ぶんです」

一般的には大麻や覚せい剤、ＬＳＤ、ＭＤＭＡなども含めて麻薬と呼ぶが、医学的には、モルヒネ、ヘロイン、コデインなどのケシの実から抽出されるアルカロイドを合成したオピオイド系の薬物を指していうそうだ。強い鎮痛効果があると同時に、強力な依存性があるため、特に慎重な取り扱いを要求される薬剤だ。

「それ以外にも向精神薬《マルコウ》だとか、覚せい剤原料だとか、取り扱いに特に注意を要する薬があって、薬局ではそれを鍵がかかる場所に仕舞っているんです。どうめき薬局には麻薬専用の金庫があって、使用するたびに数量をチェックするなどの在庫管理をしています。でも昨夜、在庫が足りなくて騒ぎになりました」

足りなかったのは鎮咳薬《ちんがいやく》のコデインリン酸塩錠二〇ミリグラムだ。閉局時のチェックで在庫が足りないことに気がついた。その日に扱った処方箋を調

べたが、該当する薬剤の調剤はない。ただし午前中、同規格の薬剤が卸会社から納品されていた。

「通常の医薬品の納品は、薬品名と数量を確認して納品書にサインをして終わりです。でも麻薬については麻薬譲渡証と麻薬譲受証の交換が必要になります。その場で薬品名と数量とロット番号、期限を確認して、卸会社の担当者と、捺印《なついん》をした麻薬譲渡証と麻薬譲受証を交換するんです」

受け渡しに間違いや不正がないようにするためだ。

業務中も金庫に保管して、調剤で使用するときも専用のノートにその薬品ごとに使用した日付、数量、ロット番号、調剤した薬剤師と患者の氏名などを記録する。そして薬局を閉める時にはノートの在庫と実数を照らし合わせる。

そしてそれにも不備はなかった。

「麻薬や向精神薬は、取り扱いに特に慎重さが求められる薬剤です。調剤済みの麻薬を廃棄する時、以前は保健所の担当者が立ち合いに来たそうです。今では規則が変わったそうですが、それでも在庫の数が合わなかったら大変です」

処方箋と違った数量を投薬していたら重大な医療事故が起きる危険があるので、徹底的に調べる必要があるそうだ。

「これまでに同じようなことはあったんですか」

「ないです。こんなのははじめてです」刑部さんは強い口調で言った。

「そもそも麻薬の処方箋はウチにあまり来ないんです。コデインを含有した薬には非麻薬の薬もあって、そちらの処方箋はよく見ますけど。大学の同級生ががん治療で有名な病院の門前薬局に勤めているんですが、痛み止めの麻薬の処方箋が頻繁に来て、金庫の中がパンパンであふれそうだって言っていました。でもウチの金庫はガラガラです」

　麻薬の扱いは常にダブルチェックをしているそうだ。納品時には薬品卸会社と薬局の担当がチェックして、その薬品を金庫にしまう時も、調剤に使用する時も薬剤師、あるいは医療事務が二人で数を確かめる。だから在庫が足りないはずがない。

「それはつまり営業中の薬局の金庫から、麻薬が消えてなくなったということですか」

　前の日の在庫数も合っていて、納品時もダブルチェックをしていたのなら、金庫の中から麻薬が忽然《こつぜん》として消えたことになる。

「その金庫はどれくらいの大きさなんですか」

「高さ三十センチくらいで、横幅は四十センチくらいです。持ち運びできないように薬品棚の下に固定されています」

　刑部さんがその大きさを手で空中に描いた。想像するにホテルの客室にある冷蔵庫と同じ大きさのようだった。

「鍵はダイヤル式ですか。それとも鍵をひねって開けるタイプですか」

「両方ついています。だから気づかれないようにこっそり開けることはできません。金庫は調剤室にあるので、まわりに人がいなくなることもありません」

「衆人環視の中で金庫から薬が消えたということですか。それって完全なミステリーじゃないですか」

爽太は少し興奮して言ったが、「あっ、すみません。そういう話じゃないんです」と刑部さんはあっさり言った。

「調剤室には防犯カメラがあります。社長に連絡して事情を話すと、すぐに来て映像を確認してくれました。するとその日、金庫を開けたのは一度だけとわかりました」

納品された薬を金庫に仕舞った時だ。

その時にダブルチェックをしたのは早瀬さんと医療事務の内川《うちかわ》さんだった。

内川さんは真面目で穏やかな女性だが、相手に強く出られると、自分の意見をうまく言えないところがある。そのときも二人で数量を確認して金庫に入れたのだが、内川さんが扉を閉めようとした時に、「他の薬の在庫を確認したいから閉めないでそのままにして」と早瀬さんに言われたそうだ。

早瀬さんは、医療事務のスタッフに命令口調でものを言う。薬剤師の方が偉いと思っているようで、その時も、「薬剤師として金庫の中を見ておきたいから、あんたは向こうで自分の仕事をしていなさい」と命令するように言ったらしい。

それはルールから逸脱したことだった。しかし頭ごなしに言われて萎縮した内川さんは、その通りにしてしまったのだ。

「私もいたんですが、カウンターで患者さんに投薬をしていたので、調剤室の中の出来事には気づかなかったんです。早瀬さんはしばらくの間、扉の開いた金庫の前に一人でいたようです」

納品された薬剤を抜き取って、こっそり隠すくらいのことは簡単にできたのだ。

「防犯カメラに、薬を盗《と》る姿は映っていたんですか」

「いいえ。そこまでは。金庫の前にしゃがむ早瀬さんの後ろ姿しか映っていませんでした」

早瀬さんが盗ったという直接の証拠はない。しかし彼女と内川さん以外に、その日金庫を開けた人はいない。そして金庫の前で一人になったのは早瀬さんだけだった。

「早瀬さんは早番で、閉局前に帰宅していました。社長はその場で、防犯カメラの映像を確認して、内川さんや私たちに聞き取りをしました。それで翌日、出社してきた早瀬さんと話をしたんです」

しかし彼女は認めなかった。『私は絶対にそんなことはしていない。どうして疑われなければいけないんですか』と抗議されて、それ以上の追及はできなかったそうだ。

その後、早瀬さんは何事もなかったように仕事に戻った。しかし疑いをかけられたことがよほど悔しかったのか、営業を終えた後で、「あんたが社長に言いつけたのね」と内川さんに詰め寄った。

「言いつけたも何も、内川さんはあったことを正直に言っただけじゃないですか。その日、金庫を開けた人は他に誰もいなかったんですから。頭ごなしに言われた内川さんは何も言えないようでした。それで私と毒島さんが間に入ったんです」

薬がなくなった日、毒島さんは休みだった。しかし話は社長から聞いていたらしい。

「言いつけたのではなく事実を報告しただけだと言いましたが、早瀬さんの興奮は収まりませんでした。『なによ、みんなで私のことを悪者にして！　私が新人だからって、濡《ぬ》れ衣《ぎぬ》を着せていじめるなんて、この薬局は最低ね』って怒鳴り出したんです。みんな唖然として、この人、絶対にヤバい人だって思いました。まともな話し合いができないんです。でも毒島さんだけは冷静で、『誰も濡れ衣を着せようなんてしていません。事実を検証したうえで、薬の在庫が合わない原因を調べようとしているだけです』と説明を続けました。そうしたら『それなら私が犯人ではないってことを証明するわよ』と早瀬さんが言い出して……」

その場にいる全員に、更衣室に来るように言ったそうだ。

「そこにいたのは私と毒島さん、内川さん、それからもう一人医療事務の女性でした。

仕方ないのでみんなで更衣室に行くと、早瀬さんは自分のロッカーを開けて見せるんです。そしてバッグから私物を出して休憩用の長椅子に並べていきました。財布とか、スマホとか、化粧品とか、サプリメントとか、それを全部出してから、ほら、なくなった薬――コデインリン酸塩錠はどこにもないでしょうって言うわけです」

爽太は首をひねった。

「その薬がなくなったのは前の日でしょう。一日経ってから、ないでしょう、と言われても、それは証拠にならないんじゃないですか」

「そうなんですよ」と刑部さんは大きく頷いた。

「今さらそんなことを言われてもって感じです。この人、やっぱりおかしい、ズレていると思って、こっそり内川さんと顔を見合わせたんですが、そうしたら次に、またとんでもないことを言い出して」

私のロッカーを見せたんだから、あなたたちも見せてちょうだい、と言ったのだ。

「何なのそれって感じです。私たちは金庫に触れてもいないのに、どうして見せなきゃいけないんでしょうか。早瀬さんが疑われたのは、彼女が金庫を開けて、その前で、一人になった時間があったからじゃないですか。それなのに自分が見せたんだから、私たちにも見せろって、あまりにも滅茶苦茶《めちゃくちゃ》な要求です。だけどそれを言っても、『やましいことがなければ見せられるはずだ』と言い張るんですよ」と刑部さんはため息をつく。

しかしそこでも毒島さんは冷静だった。見せて納得してもらえるならいいですよ、と自らロッカーを開けたのだ。

「さすが毒島さん、あんな言い方をされても怒ったりしないんだな、とその時は感心したんですが――」

毒島さんは自分のロッカーの扉を開けたら、なくなった薬の箱がちょこんと置かれていたそうだ。

「唖然としました。みんな硬直して、時が止まるというのはああいうことを言うんだと思います。でも次の瞬間には、その理由を考えていました。毒島さんがそんなことをするはずがない。だから早瀬さんがこっそりそこに置いて、それをみんなに見せるためにこんな芝居がかったことをしたんだと思いました。それなのに早瀬さんは、『なくなった薬ってこれかしら。どうしてこんなところにあるのかしら』と勝ち誇ったように言うんです。思わず、かっとして『毒島さんがそんなことをするはずはない。あなたが盗んで入れたんでしょう』と怒鳴っちゃいました」

内川さんに止められたが、そうでなかったらひっ叩《ぱた》いていたかもしれません、と刑部さんは言った。

証拠もないのに人を泥棒扱いしないでよ、と早瀬さんが言い返して、二人は一触即発の状態になった。しかし当の毒島さんは驚きも、怒りもしなかった。

「そのまま静かにロッカーの扉を閉めて、すぐに社長に電話してください、ともう一人の事務さんに言ったんです」

『なくなった薬と思《おぼ》しきものが見つかりました。この後どうすればいいか、指示をしてほしいと伝えてください』と冷静に指示を出したのだ。

「さすが毒島さんという感じです。毒消し山荘の時もそうでしたけど、何かあってもいつも冷静で、その落ち着きはどこから来るんだろうって舌を巻きます。その様子には、当の早瀬さんも驚いたようでした」

連絡を受けた社長がすぐに薬局に来て、その薬を回収したそうだ。ロット番号を調べて、紛失した薬に間違いないとわかった。

それが事の次第というわけだ。

「でも早瀬さんが盗ったとして、毒島さんのロッカーに入れるには鍵が必要ですよね。毒島さんはロッカーの鍵をかけていたんですよね」

確認のために訊いてみた。

「もちろんです。仕事中もポケットに入れていたそうで、これまでになくしたり、置き忘れたこともなかったそうです」

「じゃあ、どうやって開けたんですか。予備の鍵を使われたのかな。それは誰が管理しているんですか」

「方波見さんです。事務所に机があって、鍵がついた抽斗《ひきだし》にしまってあります。方波見さんは両日ともお休みで、机の抽斗が開けられた形跡はありません」

「それなら早瀬さんがコデインを金庫から盗っても、毒島さんのロッカーに入れることはできないわけですが」

「私もそれが不思議で、ロッカーを開ける方法をネットで検索してみたんです。そうしたらロッカーの合い鍵を手に入れるのは簡単でした。合い鍵を作ってくれる業者があるんです。ロッカーの鍵穴に番号が記されているので、その写真とメーカー名の画像を送るだけです」

作成を依頼するのに身分証明も必要ないそうだ。クレジットカードで決済すれば誰でも作れる。

「毒島さんのロッカーを開けることは、早瀬さんには可能だったわけですね」

問題は何でそんなことをしたのかということだ。嫌がらせのためか。しかし話を聞く限りでは、毒島さんはそれまで早瀬さんをかばっていた。

刑部さんの知らないところで何かトラブルがあったのか。

それを訊くと刑部さんは顔を曇らせた。

「昨夜はバタバタして、毒島さんと話ができませんでした。落ち着いたらあらためてと思っていたんですが、今日出社して驚きました。毒島さんが自宅謹慎になったんです」

それには爽太も驚いた。

「毒島さんが何もしていないことは明らかじゃないですか。それなのに自宅謹慎ってどういうことですか」

思わず大声を出して、刑部さんに制された。

「私もそう思って、社長に抗議しました。でも薬がロッカーにあったのは事実なので、事実が判明するまではそうするとのことでした。毒島さん本人も納得しているそうです」

「いや、でもそれはおかしいですよ」

百目鬼社長は人柄のいい社長だと聞いていた。しかしその対応はさすがにおかしい。

「早瀬さんはお咎《とが》めなしですか」

「今のところはそのようです。ロッカーには防犯カメラもないですし、薬を盗った証拠もないですから」

一連の行為が毒島さんに対する嫌がらせなら、早瀬さんの計画通りになったということだ。自分が誹謗中傷されたことも重なって、ふつふつと怒りが湧いてくる。

「毒島さんは本当にその決定を受け入れているんですか」

「さっき連絡したら、社長に任せてあるので騒がないで仕事に集中するようにみんなに言ってください、と言われました」

しばらく有給休暇を取ります、方波見さんもいないので大変だとは思いますが、よろしくお願いします、と言われたと言う。

その後で刑部さんは爽太に連絡をしたのだ。腹が立って、誰かに話をしないではいられなかったそうだ。

「毒島さんはどんな様子ですか。怒っていたとか、ショックを受けていたとかないんですか」

「なかったですね。冷静で、心配しているのは、自分がいなくて仕事がうまくまわるかということでした。今日明日で来るかもしれない患者さんについての注意点をメールで送る、とも言われました」

自分のことより患者さんの心配をしているらしい。いかにも毒島さんらしいが、こうなっては笑ってもいられない。

「それからこのことは水尾さんには言わないでください、とも言われました。あらぬ心配をかけたくないからというのがその理由です。だから私から話を聞いたことは言わないでください」

言葉につまった。刑部さんと別れた後で連絡をしようと思っていたのだ。

「……でもこうして教えてくれたんですね」

「それはそうですよ。隠したままで、この先に毒島さんがどうめき薬局を辞めるようなことになったら大変じゃないですか」

「そうなる可能性があるんですか」

「わかりません。でもゼロとは言えないと思います」

濡れ衣を着せられたまま、黙って辞めるような性格だとは思えない。でも何があるかはわからない。もともとあちこちの薬局を渡り歩いて仕事をしてきた人なのだ。

「……毒島さんがいなくて薬局は大丈夫なんですか」

「社長が毒島さんの代わりに入っていますが、久しぶりのことなので色々と大変です」

それから刑部さんはバタバタしている状態を一通り愚痴った。そして壁にかかった時計をちらと見て、「一人で話をしてしまってすみません。そろそろ時間なので戻ります」と横に置いたバッグに手を伸ばす。

「そういえば水尾さんへの嫌がらせはどうなりましたか」

「今はやんでいます」

「それはよかったです。嫌がらせの相手がわからないのも不気味ですが、身近にその相手がいて、一緒に仕事をしなければいけないのも嫌なものですよ」

刑部さんは自分のレシートに手を伸ばした。

「最後に教えてください。その早瀬さんってどんな人ですか。写真とかありますか」

「写真はないですが、私と交代で昼休みを取ります。ここで待っていれば、あそこから出てくるのが見えると思いますよ」

刑部さんは道路に面した窓を指さした。

通りをはさんだビルの一階にどうめき薬局は入っている。この窓際の席に座ると、その通用口が見えるのだ。

「小柄で、地味な人です。髪は黒で、肩にかかるくらいの長さです」

じゃあ、私はこれで、と刑部さんはそそくさと席を立つ。窓の外を見ていると、店から出た刑部さんが道路を渡って、通用口から中に入っていくのが見えた。

しばらくすると通用口に人影が現れた。

ベージュのコートを羽織った小柄な女性だ。あれが早瀬か。歩道に出ると、周囲を見渡し、せかせかと歩き出す。その背格好と歩き方には見覚えがあった。山川だ。

爽太は思わず腰を浮かせて、視界から消えて行く女性の後ろ姿を目で追いかけた。

あの映像は何度も見返した。絶対に間違いない。しかしどうして彼女がここにいる？

いや……待てよ。あの女性が山川だとして、それが早瀬だとは限らない。

早瀬はまだ中にいて、これから出てくる可能性もある。

後を追いかけたい気持ちを抑えて、そのまま通用口に目をこらした。しかし五分経っても、十分経ってもそれらしい女性は出てこない。やはり彼女が早瀬だったのだ。呆然としながらも、こんなことがあるかもしれない、と考えていた自分がいることにも気がついた。

別々の人間から、自分と毒島さんが同時に嫌がらせを受けるようなことは、偶然にしても出来すぎだと感じていたせいだ。

二人が同一人物であるなら、山川が偽名で、早瀬朱音が本名なのだろう。薬剤師として仕事をするには免許を提示する必要がある。他人の免許を使って成りすましている可能性もあるが、さすがに素人に調剤薬局の仕事は務まらないだろう。

刑部さんの話によれば、早瀬がどうめき薬局に勤めはじめたのは一ヶ月ほど前だ。山川がホテル・ミネルヴァに泊まったのはその少し前。彼女が地方在住で、東京で就職活動をするためにホテルに泊まっていたとすれば筋は通るのだ。

しかしその場合、偽名を使ってホテルに泊まったことへの疑問は残る。面接を受けるために泊まったのなら、わざわざ偽名を使う必要はない。別の目的があったと考えるのが自然だろう。やはり自分に嫌がらせをすることを目的に泊まったのか。

偽名を使ってホテルに泊まり、目に留まった黛美晴との一件を誹謗中傷のネタにした。そう考えれば一応の筋は通るが、何が目的でそうしたのかがわからない。その考え方を当てはめれば、毒島さんへの嫌がらせを目的に、早瀬はどうめき薬局に勤めたということになる。しかしそれはあまりに飛躍した考えだ。

いや、もしかして逆なのか。

山川が犯人なら、爽太を誹謗中傷した相手は早瀬という薬剤師ということになる。自分は薬剤師の女性に逆恨みをされる覚えはない。

しかし毒島さんはどうだろう。どうめき薬局に勤める前、北海道から九州まで、全国各地で働いてきたという話を聞いたことがある。毒島さんは真面目で融通が利かないところがある。そして早瀬は仕事ぶりに難のある薬剤師とのことだった。二人はどこかで一緒に仕事をして、トラブルになった過去があるのかもしれない。それを根に持って嫌がらせをした。だとしたら自分への嫌がらせはとばっちりということか。本当の相手は毒島さんだったのだ。

しかし過去に会っているなら毒島さんは早瀬を覚えているだろう。顔を合わせて、思い出さないはずはない。

この考え方は違うのか。だがそれ以外に、毒島さんと自分が同時に恨みを買うような原因は思いつかない。

ふと毒消し山荘のことが思い浮かんだ。

蕪木夫婦は逮捕されたそうだが、咲良が逮捕されたという報道はない。たとえば早瀬がその仲間だとしたら？　二人が逮捕されたことを逆恨みして、こんなことをしているという可能性はないだろうか。

いや、それもこじつけか。

自分たちがマトリに通報したというなら話はわかる。しかし自分たちはただの宿泊客なのだ。毒消し山荘は以前からマトリがマークしていた。五月女が内偵捜査に入って、逮捕の際には同行したはずだ。五月女に恨みを抱いても、自分たちを恨む理由は思い当たらない。

あれ……でも待てよ。

嫌な想像が思い浮かんだ。

誤解されたのかもしれない。

五月女は毒島さんの部屋に手紙を差し入れた。明け方のことで、五月女は誰かに見られるとは思わなかったのだろう。しかし燕木夫妻か、咲良が目にしていたらどうだろう。

毒島さんを五月女の仲間、たとえば情報提供者だと誤解したかもしれない。

五月女がよかれと思ってしたことが、裏目に出たということだ。

それはただの想像だった。しかしそれ以外に、自分と毒島さんが早瀬に嫌がらせをされる理由は思いつかない。毒消し山荘に泊まる際に書いた宿泊カード。それを見れば自分たちの住所や勤め先、電話番号はわかる。この想像が正しければ、これで終わりではないかもしれない。早瀬はお咎めもなく仕事を続けている。次には刑部さんを標的にして嫌がらせがはじまるかもしれない。

それはまずい。なんとかしなくては。

毒島さんに話をしたいが、それはするなと刑部さんに釘を刺されている。それなら刑部さんを通して百目鬼社長に相談するべきか。しかしただの想像では説得力に欠ける。話をするにもなんらかの証拠が必要だ。

考えあぐねていると、昼休みを終えたらしい早瀬がせかせかとした歩き方で戻ってくるのが見えた。そうだ。彼女が咲良とつながっていることをつかめば、それが証拠になるだろう。

早瀬は遅番だと刑部さんは言っていた。

薬局は午後八時までの営業だから、その後で彼女は帰路につくわけだ。

まっすぐ家に帰るのだろうか。もしもその後、咲良と会うようなことがあれば。

通用口に消えていく後ろ姿を見ながら、こっそり後をつけてみようか、と爽太は考えた。

4

帰宅して、仮眠を取ってから、七時半にまた風花に来た。

しかし窓側の席には先客がいた。くっきりした二重瞼に長い睫毛《まつげ》、しっかりとメイクをしたモデル風の女性だ。年は三十歳くらいだが、コーヒーを飲みながらファッション雑誌をめくっている姿には、なんともいえない存在感がある。

手前の席に座ってコーヒーを注文したが、そこで困ったことに気がついた。窓の外に視線を向けようとすると、その女性が視界に入るのだ。爽太は遠慮がちに視線を動かした。しかし何度目かに偶然視線が合った。その女性はひるむことなく、じっと爽太を見返してきた。気が強そうだ。同じことを繰り返したら怒られるかもしれない。

ここでトラブルは起こしたくない爽太はコーヒーを飲み干して、八時になる前に店を出た。

物陰に隠れて通用口に目を向ける。八時を過ぎると、誰よりも早く早瀬が姿を現した。見覚えのあるせかせかした様子で駅に向かって歩き出す。

パーカーのフードを頭からかぶり、大きめの不織布マスクで顔を隠して、十分に距離を取って後を追う。近づきすぎると気づかれそうで、見失わないことだけに神経を集中させ、後ろ姿を目で追った。

最寄り駅の手前で早瀬はスマートフォンを取り出した。

歩きスマホをしているのか、歩みが次第に遅くなる。爽太も歩みを止めてスマホを手に取った。距離を詰めすぎないように道を確かめるふりをする。

早瀬はスマートフォンを耳に当てた。誰かと電話をしているようだ。そのまま駅を通り過ぎて繁華街の方向に歩き出す。

そのまま百円ショップの隣にあるカラオケボックスに入店した。

やはり待ち合わせだったのか。しかし中には入りづらい。外で見張れる場所がないかとあたりを見まわす。すると後ろから来た女性に「こんばんは」と声をかけられた。

「お久しぶりね。元気だった?」

キャップを目深にかぶって、マスクをした女性だ。夜だというのにサングラスをかけている。

「何ですか」

怪しげな店のキャッチかと思ったが、「忘れちゃったの? 冷たいわね。一緒に瞑想した仲じゃない」と女性はサングラスを外して微笑んだ。

咲良だった。

「どうしてここに?」

思わずそんな言葉が出た。しかし理由は自分がよく知っていた。

「ここで待ち合わせをしていたの」

咲良はカラオケボックスに目をやった。やはり早瀬と仲間だったのだ。

「訊きたいことが色々あるっていう顔をしているわね。いいわよ。一緒に行きましょう」

咲良は微笑んでカラオケボックスに目をやった。

「私もあなたにお願いがあるの。いい機会だからお互い冷静に話をしましょうか」

咲良は爽太の腕を取り、「さあ、行きましょう」と引っ張るように歩き出した。


「お待たせ」

三〇二と書かれたドアを押し開けながら、咲良が中に向かって声を出す。ベンチシートに座ってスマートフォンを見ていた早瀬が顔をあげる。爽太を見て驚きもしなかった。二人でここに来ると連絡を受けていたようだ。

「水尾くんは奥に行って。……そう、そこよ。話をするだけだから、そんなに緊張しないで大丈夫。まずは飲み物を頼みましょうか。お酒はダメ。大事な話があるからソフトドリンクね」

咲良はサングラスとキャップを取って、髪を手で整えた。銀色のメッシュではなく、普通の黒髪になっている。

「コーヒーでいいかしら」

爽太は黙って頷いた。咲良は内線電話でコーヒーを三つ注文した。それから手を伸ばして照明の明度を落とした。

「明るいのが嫌いなの。暗い方が落ち着くでしょう」

部屋のドアにはガラスの小窓がついていた。覗かれるのが嫌で照明を落としたのだろうと爽太は思った。

咲良は自分のスマートフォンをテーブルに置いた。

「これからする話は録画も録音もされたくないの。あなたもスマホをここに置いてくれるかしら」

とりあえず言われた通りにした。早瀬も同じようにスマートフォンを自分の前に置く。

「あなたは逮捕されなかったんですね」

ただ言うことを聞くのも癪《しゃく》なので、爽太は精一杯の皮肉を口にした。

「私は悪いことはしていないもの」咲良は悪びれることなく返事をした。

「でも大麻のことは知っていたんですよね」

「知ってはいたけど、関わってはいないわ。それにガサ入れがあったとき、私はあそこにはいなかったし」

「事前に察して逃げたってことですか」

「人聞きの悪いことを言わないで。大麻の栽培と吸引の手引きはあの夫婦がやったこと。私は関係していないのよ」

ガサ入れがあったとき、咲良はたまたま裏山にいたそうだ。忍からマトリが来たという通知がスマホにあって、それで一人でこっそり山を下りたそうだ。

「やっぱり逃げたってことじゃないですか」

「逃げてないわよ。面倒を避けただけ。それにそうしたのは忍さんの指示なのよ。私の意思じゃなく、忍さんの意思を尊重したということよ」

「そんなの逃げ口上じゃないですか。あそこはデジタル・デトックスが売りの宿でしたよね。それなのにあなたたちはスマホを隠し持っていたわけですか」

「デジタル・デトックスは宿泊客がすることよ。私たちがデジタル機器を使ってないとは言ってない」

「わかりました。それならもっと本質的な質問をします。蕪木夫婦は毒消し山荘を経営しながら、その傍らこっそり大麻を栽培していたんですよね。焚火をすることで一般客を外に連れ出している間、隣の建物で常連客に大麻を吸引させていた。それをマトリに気づかれてガサ入れをかけられた。それは事実でいいですか」

「そうね。おおむね正しいわ」

「じゃあ、咲良さんがどう関わっているのかを教えてください」

「さっきも言ったように、私はほとんど関わっていないのよ」と咲良は肩をすくめた。

「康夫さんは、ああ見えて、有名国立大学の農学部にいた人なのよ。そこで農作物の品種改良を勉強してきたの。でも頭はいいけど、愛想のない人だから、会社勤めが上手くできなくて、入って数年で仕事を辞めて、知人に誘われるままに自然保護団体に入ったらしいわね。そこでは彼の知識が重宝されたらしく、そのまま居ついて、その後に忍さんと出会ったのね」

忍の来歴は焚火の時に聞いた通りだった。一ヶ所でじっとしていられない性格で、康夫と結婚しても落ち着くことができず、その自然保護団体を飛び出し、いくつもの団体を渡り歩いたようだった。

「その中に怪しげな団体があって、そこで大麻に興味をもったそうなのよ。あの山荘を入手したのもその関係があるみたい。前の持ち主は、地元で不動産会社を経営していたんだけど、神道に入れ込んで、大麻の栽培を規制する国の政策に不満を抱いていたみたい」

神道では大麻草は神聖な植物とされて、神社の注連縄や神主の衣類などに昔から使われていた。しかし戦後、アメリカの意向で国に統制されることになったのだ。

「それで仕事を引退した後、人里離れたあの場所に移り住んで、こっそり大麻草を栽培していたらしいのよ。高齢になって山荘を出る時に、その団体の関係者を通じて、あの夫婦がそれを知って、購入に至ったということみたい」

「あなたは蕪木夫婦とどこで知り合ったんですか」

「私は毒消し山荘の開業当時の客だったのよ。忍さんと気が合って、リピーターになって、何度も泊まっているうちに、そんな話を教えられたの。これで何か商売ができないかって相談されたから、CBDオイルを使ったリラクゼーション体験をしたらいいんじゃないかって提案をしたわけ」

私は大麻とは関係ないの、だからマトリが来ても怖くはないわ、と話の最中、咲良は何度も繰り返した。

途中、制服を着た店員がコーヒーを運んで来た時以外、咲良は饒舌《じょうぜつ》に喋り続けた。忍もそうだが、彼女も弁が立ちそうだ。運ばれてきたコーヒーを飲む際には、ポケットから小さな瓶を取り出し、スポイトでコーヒーカップに数滴垂らした。

「あなたも使う？」

横目で爽太を窺い、小瓶を差し出す。

「CBDオイルですか。僕はいいです」

「あら、もったいない。これはアメリカから並行輸入した極上品よ。品質は折り紙つきで、すごくリラックスできるわよ」

　咲良はスプーンでかき混ぜ、コーヒーカップを口に近づける。

「ＣＢＤオイルに極上品とかがあるんですか」

「もちろんあるわよ。精製方法や濃度、原料となる大麻草の品質で効果は格段に違うのよ。興味があるならくわしく教えてあげるけど」

「結構です。それよりも彼女のことを教えてください」

　爽太は早瀬に目を向けた。咲良が喋っている間もずっと黙ったままだった。

「彼女がどうして僕や毒島さんに嫌がらせをしたのか、その理由を教えてください」

「嫌がらせなんかしてないです」早瀬ははじめて口を開いた。

「誹謗中傷するような投稿をネットに多数したじゃないですか」

「私は自分の目で見たことを投稿しただけです」

　爽太とは目を合わせようとしないまま早瀬は言った。

「女性の宿泊客と深夜に話をしたり、コンビニに一緒に行ったのには理由があります。それを公私混同だとか、セクハラだとかと一方的に決めつけるのはフェアではないと思います」

「私は自分の目で見たことを投稿しただけです」早瀬は横を向いたままで、同じ台詞を口にする。

「あなたは山川という偽名を使ってホテルに泊まった。その時期がどうめき薬局の面接日と合致しています。さらにどうめき薬局でも嫌がらせを行ったとなれば、最初からそれを意図して、ホテルに泊まり、どうめき薬局に就職したと考えるのが自然です。偶然にしては出来すぎていると思いますが、それについてはどう申し開きをするつもりですか」

「まあまあ。水尾くん、そう興奮しないで落ち着いて」

咲良がコーヒーをすすりながら口をはさんだ。

「あんまり彼女を責めないであげて。嫌がらせの方法を考えたのは彼女だけど、実行するように命令したのは私なんだから」

やっぱりそうか。爽太はあらためて咲良の顔を見た。

「どうしてそんなことをしたんです。僕たちをマトリの仲間、情報提供者だとでも思ったんですか。とんだ誤解ですよ。僕たちは関係ないです。五月女さんとはあのときに初めて会いました」

「五月女がマトリだってことは知っているのね。それで関係ないは通らないんじゃない？」

「あそこではじめて会って、話をしただけの関係です。彼がマトリだってことは知りませんでした。あることをきっかけに、そうではないかと推理しただけの話です」

「あることって何かしら」

「言いたくないです」

「そこで口をつぐむのは卑怯《ひきょう》じゃない？　でもいいわ。それも関係しているけど、それだけじゃないの。こんなことをした本当の理由は別にあるのよ」

「なんですか、それは」

「あら、やだ。それを私に言わせるの」

咲良は上目遣いに爽太の顔を見た。

「水尾くんにまた会いたかったからじゃない。また来てねって言ったのに音沙汰《おとさた》なしなんだもの。だから君をこうやって誘い出すために、彼女に挑発してもらうように頼んだのよ」

誘うような声色で言うが、その目は明らかに笑っている。

「からかっているんですか。悪ふざけはやめてください」

「あら、わかった？　残念ね。年上の女性が好きだって聞いたから、その気になってくれるかと思ったんだけど」

「どういうことですか。それは……」

自分が毒島さんに好意を持っていることへの当てこすりのようだった。咲良はどこでそんなことを知ったのか。もしかして早瀬が聞きつけた情報か。

思わず早瀬を見たが、意外にも不快な顔をしていた。

「お姉ちゃん、もうやめて。話が全然進まない。いいからさっさと先に進めてよ」たまりかねたように声を出す。

お姉ちゃん？

早瀬は毒島さんよりも年上だと聞いている。

その早瀬がお姉ちゃんと呼ぶということは……。

「なんだ。もうバラしちゃうの？　仕方ないわね。あらためて自己紹介をするわ。私は早瀬咲良。朱音の五つ年上のお姉さん」

咲良はにっこりと微笑んだ。

まさかそんなに年上だとは思わなかった。爽太の戸惑いを感じ取ったのか、

「適度な運動と栄養摂取で、体中の細胞を再活性化させて、若返りの効果を得られるのよ。ヨガ、ＣＢＤオイル、それからもっと効果的なものだってあるんだけど、興味があれば安く分けてあげるわよ」

咲良は上機嫌で話をはじめる。放っておけば、そのまま美容やヨガの話題に行きそうだ。

「そんなことはいいです。僕のことを色々言っていましたが、どうしてそんなことがわかるんですか。もしかして僕たちのことを調べたんですか」爽太は声を張り上げて遮った。

「そんなこと調べるまでもないわ。きみが毒島さんを好きなことくらい、見ればすぐにわかるわよ」咲良はあっさり返事をした。

「山荘での態度を見ていれば一目瞭然《りょうぜん》よ。あそこにいる間、ずっと彼女のことを気にしていたじゃない。あの五月女って男が近づくのを見てそわそわしていたし」

さすがに言葉を返せない。初対面でそこまでわかるものなのか。爽太が本気で驚いていることをおかしく思ったのか、

「お姉ちゃんの人を見る目は飛び抜けているのよ。なんといっても詐欺を生業《なりわい》としている人だから」と朱音が横から口を出した。

その口調には、どこか揶揄《やゆ》するような響きがある。これまでのやり取りを思い出し、この二人、姉妹ではあるがあまり仲はよくないのかもしれない、と爽太は頭の片隅で考えた。

「ちょっと、人聞きの悪いことを言わないでよ。詐欺師の友達はいるけど、私は違うわよ」と咲良は口を尖らせる。

「余計なことを言われたくなかったら、早く話を進めてよ。さっさと本題に入って、彼の協力を取りつけて」と朱音も負けじと言い返す。

少なくとも朱音は姉を快く思っていないようだった。そのあたりにつけ込む隙があるかもしれないとも考える。しかしその前に朱音の言葉が気になった。

「協力って何のことですか」

「そんなに怯えなくてもいいわ。きみと取引をしたいってこと」と咲良は言った。「朱音が嫌がらせをした理由は二つあるの。ひとつはマトリの捜査官に情報を流したことへの意趣返し」

「さっきも言ったように、僕たちはマトリとは何の関係もありません。意趣返しをされるいわれはありません」と爽太は言い返す。

「そんな言い逃れは通用しないわよ。五月女って男、それでなくても毒島さんにベタベタしていたじゃない。極めつけは朝方にこっそり彼女の部屋に封筒を差し入れていた。最初に見た時はラブレターかと思って見逃したけど、後になって五月女がマトリとわかって、だったらあの手紙も何かの連絡手段だったと思い当たったの。それできみたちがマトリに情報提供しているとわかったということ。どう？　完璧な推理でしょう？　違うとは言わせないわよ」と咲良は胸を張る。

あれは〈もらった種子に注意しろ〉というメッセージだった、と言いかけて、爽太は言葉を呑み込んだ。それを言えば、どうして毒島さんにそんな手紙を出したのか、と質問されることだろう。百目鬼社長が元マトリだったことは言いたくない。この話題については、適当に切り上げた方がいいだろう。

「封筒のことをどうして知っているんですか。誰かがそれを見ていたってことですか」

「この世には監視カメラっていう文明の利器があるのよ」と咲良は笑う。

「あそこに監視カメラがあったんですか」

「当然よ。宿側としては客を監視する必要があるわけだし、予約だってインターネットで取っている。電子機器をまったく使えなかったら、それだってできないことになるじゃない」

そんなことも気づかないのかという顔で咲良は笑う。しかし廊下に監視カメラらしきものは設置されていなかった。

「部屋の中をカメラで撮っていたら、それは明らかな盗撮ですよ」

「さすがにそれはしないわよ。見つかったら言い訳できないし。廊下に神棚があったでしょう。前の住人が残していったものだけど、あの奥に監視カメラを取りつけておいたのよ。注連縄をかき分けて、神棚の奥を覗き込もうとする人はいないから、これまでにばれたことはなかったわ」

動体感知カメラを仕込んで、怪しい行動をする客がいないかを毎日チェックしていたという。

「警察やマトリの内偵に備えていたんだけれど、てっきり色恋がらみかと思って見逃したのよ。たまにいるのよ。女性の部屋に夜這《ば》いをしかける馬鹿男が。ラブレターくらいなら可愛《かわい》いものだと見逃したけど、ガサ入れの当日、忍から連絡があって、五月女がマトリだったとわかったの」

「そのためにこんなことをしたんですか。わざわざ妹さんをどうめき薬局に就職までさせて？」

見当違いによる逆恨みにもほどがある。しかし咲良は鼻で笑った。

「理由は二つあると言ったでしょう。今の理由はついでみたいなもの。ここまでしたのは、もうひとつの理由が大きいわ。さっき取引したいと言ったでしょう。ここまでの行動はその布石ということね」

布石とはどういうことだろう。訝しく思いながら、「ここまで嫌がらせをされたら、素直に取引なんてできないですよ」と言い返した。

「取引というのはギブアンドテイクよ。納得して、お互いにウィンウィンの関係になりましょうってことを言いたいの」

「あなたたちの言うことを聞けば、こちらにもメリットがあるということですか」

「そういうことね。よく聞いて。きみたち、ハイキングコースのチェックポイントをまわって幸運の種子を賞品にもらったわよね。封を開けないでそのまま持っていて、と忍さんがお願いしたと思うけど、あれは今どこにあるかしら」

「幸運の種子って聞こえはいいですが、あれは大麻の種子じゃないですか」

「だから訊いているのよ。それをまだ持っている？」

「持ってませんよ。しかるべき人に預けました」

「しかるべき人って、それはマトリの関係者？」

「ノーコメントです」

「返してほしいって言っても無理かしら」

「手元にはないので無理ですね」

もちろんあっても返す気はないけれど。

「きみだけではなくて、毒島さんも刑部さんも一緒かしら」

「一緒です」

「じゃあ、それはいいわ」と咲良は軽くため息をついた。

「その話は終わり。それならもうひとつのお願いを聞いてもらうしかないようね」

「もうひとつって何ですか」

「これから毒消し山荘に行って、私たちをハイキングコースのチェックポイントに案内してほしいのよ」

意味がわからない。すでに午後九時に近いし、蕪木夫婦は逮捕されている。

「車を用意してあるわ。これから向こうに向かって、朝を待って山に入るの」

「何のためにそんなことをするんですか」

「理由は言えない。でもそれをしてくれるなら、私たちはもうあなたたちに嫌がらせはしない。そういう条件でどうかしら」

しれっと咲良はそんなことを言う。その態度に爽太は呆《あき》れた。

「それはギブアンドテイクじゃないですよ。裏を返せば、言うことを聞かなければこれからも嫌がらせを続けるってことじゃないですか。それは単なる脅迫です」

「脅迫なんて人聞きの悪い言葉を使ったらダメよ。人に聞かれたら誤解されるじゃない」

「誤解も何も、脅迫そのものですよ」

「そうかしら。脅迫というのは、もっと直接的なものじゃない？　たとえば協力してくれないなら、きみが年上の女性に片思いをしていることを、その相手にバラすとか。それも彼女の意に沿わない形でね。そういうことをされたら、その女性はきみに対してドン引きすると思うのよ。そうされたくなかったら言うことを聞けとか、そういうのが脅迫だと思うんだけど、どう思う？」

咲良は笑みを浮かべて、爽太の顔を覗き込む。一瞬ひるんだが、湧き上がる怒りがそれに勝った。

「そうしたいならしてもいいですよ。僕は構いません。そんなことくらいで、これまでの嫌がらせをチャラにされたらたまりません」

第三者に何を言われたところで、毒島さんが信じるとは思えない。最終的には自分の話を聞いてくれるだろう。そんなつまらない脅しに屈するつもりはない。

「困ったわね。じゃあ、どうすればいいかしら」

咲良は芝居がかった様子で首をかしげる。

「協力も取引もできません。それより嫌がらせをしたことをすべての関係者に謝罪してもらえませんか」

「それは無理。謝る気があれば、こんなことはしないわよ」咲良はかぶりをふった。

「それなら交渉は決裂ですね」

「仕方ないわね。それなら最後の手段に出るしかないわ。朱音をつけて来たってことは、どうめき薬局であったことを全部聞いているわよね」

「もちろん聞いてます」

「朱音がこっそり金庫からコデインとかいう薬を抜き取って、それをあなたが片思いをしている女性のロッカーに入れたんだけど、朱音がどうやって他人のロッカーを開けられたのかはわかっている?」

「更衣室のロッカーは、メーカーと鍵番号がわかれば、ネットで業者に合い鍵を注文できるそうですね。合い鍵を手に入れれば簡単なことだと思います」

「すごおい。水尾くん、正解よ」

咲良は子供を褒めるように大袈裟にニコニコしながら、拍手をする真似をした。

「そこまでわかっているなら、私たちが次に何を計画しているかも見当がつくんじゃないかしら」

「どういう意味ですか」

「朱音がロッカーの合い鍵を作ったのは、毒島さんだけじゃないのよ。だって毒消し山荘に来たのは彼女だけじゃないでしょう」

刑部さんのロッカーの合い鍵も作ったということか。でも刑部さんのロッカーからなくなった薬は見つかっていない。

もしかして刑部さんのロッカーから、何かを盗ったということか。しかしそれを言うと咲良は笑った。

「いやねえ。勝手に人のロッカーをあけて中の物を盗るのは泥棒じゃない。私は詐欺をしたことはあるけど、泥棒をしたことはないのよ。刑部さんは、毒消し山荘のリラクゼーション体験では、すごく感激してくれたじゃない？　だからサプライズに心ばかりのプレゼントを贈ったのよ」

CBDオイルのことか。あまり効かなかったと残念がっていたが、それに関係することなのか。

「彼女、鞄《かばん》に頭痛封じのお守りを入れているでしょう？　でもお守りだけじゃ頭痛は治らないじゃない？　薬剤師なのに神頼みなんて、あんまりだと思ったから、特別なプレゼントを仕込んでおいたの」

そう言いながら咲良は、朱音に視線を送る。朱音は無表情なまま、冷めたコーヒーを飲んでいる。

「特別なプレゼントって、まさか……」

首筋を冷たい手で撫でられたような気分になった。

「加工した大麻の葉っぱ。毒消し山荘で栽培した、THCの濃度が高い特別品よ。警察やマトリにチクったら興味をもつと思うのよ。調剤薬局の薬剤師が大麻所持で捕まったら、大々的にニュースになるでしょうね」

咲良はせせら笑うように口元を歪ませる。さすがにその態度は腹にすえかねた。

「ふざけるな！」

思わず大きな声が出た。大麻所持で逮捕されたら、薬剤師免許停止や取り消しになる可能性もあるだろう。事情を訴えれば、最悪の事態は免れるかもしれないが、判明するまでは本人が拘留されて、どうめき薬局にも世間の非難が集まることになる。その間、薬剤師やスタッフ、社長、そして患者も被害を受ける。そんなことはあってはいけないことだった。

「刑部さんの住所も控えてあるのよ。警察に連絡して、部屋を調べてもらえば、すぐに大麻が見つかることになる。そうなれば現行犯で逮捕されるんじゃないかしら」

「それなら連絡して、お守りを処分してもらいます」

　爽太はスマートフォンに手を伸ばそうとした。

「動いたらダメよ。横を見て」

　咲良が鋭い声を出す。顔を向けると、朱音がいつの間にか取り出したスプレー缶をこちらに向けていた。

「護身用の唐辛子スプレー。目に入ったら三十分は目を開けられなくなるから気をつけて」朱音が淡々とした声で言う。

「私だって騒ぎを起こしたくはないの。ここでこんなものを使ったら、こっちだって無事でいられない。騒ぎになったら、店が警察を呼ぶかもしれないし。そうなったら、あなたに襲われそうになったので、身を守るためにこのスプレーを使ったと弁解するしかなくなるわ。でもそれは本意ではないの。そんなことをしても私たちにメリットはないもの。だからスマホには触らないで話を聞いて。みんながウィンウィンになる方法を考えましょうよ」

　咲良はなだめるように口にする。どうやらすべて計算しているようだ。ここで騒ぎ立てても勝ち目はない。爽太は肩の力を抜いて、体を背もたれに預けた。

「ハイキングコースに同行すれば、何もしないということですか」

「そう、そういうこと。水尾くんは物分かりがよくて助かるわ」

「嫌がらせについては泣き寝入りをしろということですか」

「こっちだって燕木夫婦が逮捕されているのよ。それでお互いにチャラにするってことでどうかしら」

燕木夫婦のことは自分たちとは無関係だ。しかし咲良は、何らかの形で関わっていると思い込んでいる。ここでそれを言ったところで彼女は納得しないだろう。悔しいが、ここは言う通りにするしかないようだ。

「わかりました。でもチェックポイントに行って何をするんですか」

「教えなければ行ってくれないの？」

「違法行為には加担できません」

大麻がらみのことならオーケーはできない。

「それなら大丈夫。取りに行くのはお金だから」

「どうしてハイキングコースにお金があるんですか？　大麻の売上金ですか」

「違うわ。山荘の売上金から抜いたお金よ。でもマトリはそう思わないでしょう。捕まったら、大麻がらみのお金と思われて没収されるかもしれない。だからハイキングコースのチェックポイント、『か』の札をかけた木の根元に埋めたのよ。目印があれば、いつでも取りに行けると思ったの。でもきみたちが泊まった後で台風が来て、風でとれかかっていた札が飛ばされたみたいなの。自分が場所を知っているから大丈夫だ、あとで札も直しておくって康夫さんは言っていたんだけど、そうする前にマトリに捕まって」

税務署に申告しなかったお金ということか。その場所を確かめるために同行しろということらしい。

「彼が釈放されるのを待って、一緒に行けばいいじゃないですか。僕だって一度行ったきりで、正しい場所を覚えているかわからないですよ」

「いつ釈放されるかはわからないし、その前に取り調べで喋って、没収されちゃうかもしれないじゃない。それにか弱い女二人で山の中を探して、あちこち掘り返してみるなんてことはしたくないじゃない。こういう時はやっぱり男の人がいてくれないと」

同時に力仕事もさせようという魂胆か。爽太は心の中でため息をついた。

咲良の話にはおかしな点がいくつもある。どうして山荘の売上金を、彼女が取りに行く必要があるのか。売上金は蕪木夫婦のものであって、咲良が勝手に持ち出す権利はないはずだ。

蕪木夫婦が逮捕されたのをいいことに、咲良がそれを奪おうとしているようにも思われた。

あんな山の中に金を埋めるというのがそもそもおかしい話なのだ。隠せる場所は山荘の近くにいくらでもあるだろう。蕪木夫婦は、咲良がその金を狙っていることに気がついていたのかもしれない。そうさせないためにそんな辺鄙な場所に隠したのかもしれない。

どっちにしても本当のことはわからなかった。そして爽太にそれを断るという選択肢はなかった。余計な詮索はしないで、咲良の言葉を信じるふりをするしかないだろう。

そんなことを考えていると、「ねえ、ちょっと待って。女二人って、私を計算に入れないで。仕事があるんだから私は行かないわ」と声がした。

目を向けると朱音が咲良をにらみつけている。

「何言っているのよ。仕事なんてどうでもいいでしょう。薬剤師の仕事なんて意味がないって、いつもグチグチ言っているし、お金を手に入れたら、そのままバックれちゃえばいいじゃない」

あっさり言い捨てる咲良に、朱音は不機嫌さを隠そうともしなかった。

「冗談じゃないわ。そんないい加減なことはできないわよ。何も知らないくせに簡単に言わないで」

思いがけない口喧嘩がはじまった。

「いきなりこれから行くとか言われても、私は協力できないわ。お姉ちゃん一人で行けばいいじゃない」

「私一人じゃ、心もとないでしょう。途中で彼に逃げられたら、どうするのよ」

「そんなのは知らないわ。彼に協力させるまでが私の役割でしょう。そこから私には関係のないことよ」

「最後まで手伝うのは当たり前でしょう。今さら逃げるなんて許さないわよ」

妙なことになってきた。たしかに咲良一人なら逃げる隙はあるだろう。他に仲間がいるかもしれないと思っていたが、この口ぶりではそれもないようだ。

想像するに、今日ここで自分に取引をもちかけるのは、突発的に決まったことなのだろう。朱音の後をつけている自分を、咲良がたまたま見つけて、そのままカラオケボックスに連れ込んだ。もしかしたら取引をもちかけるために、もっと別の計画を考えていたのかもしれない。しかし咲良がそれを強引に変更した。その変更を朱音は納得していないのだ。

少なくとも、これから毒消し山荘に一緒に行くつもりはないようだ。

「あんな薬局、早く辞めたいって言っていたじゃないの。だから計画を前倒ししたのに、いまさら文句を言わないでよ」

「そういう意味で言ったんじゃないわ。それに仕事をしている以上、適当なことはしたくないのよ」

「さんざん嫌がらせをしたくせに、いまさら真面目なふりをしない方がいいわよ」

「それとこれとは話が別よ。態度や話しぶりは乱暴にしたけど、調剤や監査、投薬でいい加減なことはしてないわ。コデインだってそうよ。金庫からロッカーに移動させただけで、封もあけてない。薬の機能を損なうようなことはしていないわよ」

「いまさらそんな言い訳は聞きたくないわ。ちゃんと説明したでしょう。これはとっても重大なことなのよ」早くお金を返してほしかったら、私の言う通りにしなさいよ」

「お姉ちゃんはいつもそう。それればっかり口にする。それでいて、まともに返してもらったことは一度もないわ。いい加減、貸したお金を全部返してよ」

「うるさいわね。これが成功したら耳をそろえて返すわよ。だから今回は私に協力しなさいよ」

「嫌よ。私は行かないわ」

「それならお金も返さないから、そのつもりでいなさいよ」

「冗談じゃないわ。そんなのは許さないから」

二人は顔を真っ赤にして言い争っている。この間になんとか刑部さんに連絡できないかとも考えた。しかしスマホに手を伸ばそうとするたびに、咲良にきっと睨まれた。それに反応するように朱音が防犯スプレーを構えるのだ。喧嘩をしていてもやはり姉妹ということか。爽太はそれ以上の行動をあきらめた。

ふいにドアがノックされた。咲良と朱音が口をつぐむ。

ドアがあいて、長い髪をゴムでまとめて、大きなマスクをつけた店員らしき女性が顔を覗かせる。白いシャツを着て、スヌーピーのエプロンをつけている。

「すみません。ご注文のあったピーマン抜きのナポリタシですが、ちょっと時間がかかって、あと二十分ほどかかります」申し訳なさそうに頭をさげる。

「そんなの注文していないわよ」

咲良と朱音が顔を見合わせて声を出す。

「えっ、違いますか。ピーマン抜きのナポリタン。ピーマン抜きだと時間がかかると言ったんですけど、それでもいいから持ってきてと言われて……でも手違いがあって、あと二十分ほどかかりそうなんですが……」

くどくどと説明しながら爽太の顔をじっと見る。思いのほか、大きな目をしているようだ。マスクに隠れているが、その目と顔立ちは見覚えがあった。

「私たちは知らないわ。他の部屋の間違いでしょう」と咲良が言った。

女性店員が伝票を見た。

「ああ、すみません。部屋が違っていました。ごめんなさい」

ぺこりと頭をさげて、ドアを閉める。

「何よ、あれ。変な店員ね。ピーマン抜き、ピーマン抜きって連呼して」

爽太は壁にかかった時計を見た。九時七分。ピーマン抜きのナポリタンができるのは九時二十七分ということか。

咲良が顔をしかめた後で、「それよりもこれからのことよ。行かないなんてありえないから」と朱音に詰め寄った。

「だから仕事があるって言っているじゃない」

「そんなの休めばいいでしょう。無断欠勤が嫌なら、熱が出たって電話をしなさいよ。いまどき、熱があっても仕事に来いとか言う医療関係者はいないでしょうに」

「私のしたことで毒島は自宅謹慎になったのよ。あの社長と刑部だけじゃ心許《こころもと》ないし、私が休んだら絶対まわらないに決まっている」

朱音は淡々と主張した。あれっと思った。態度は悪いが、口ではまともなことを言っている。

「もうやめなさいよ。これまで他人の言うことを聞いて損をしてきたじゃない。もっと自分勝手に生きればいいのよ。そんな薬局、さっさとやめて、もっと気楽に生きなさいよ」

「私はお姉ちゃんとは違うのよ。今回のことでよくわかったわ。自分勝手にしていたら逆にストレスが溜まっちゃう。お姉ちゃんとの約束だから言われた通りにやったけど、面倒な患者と喧嘩をするのも、大人しい子に威張り散らすのも、後で嫌な気持ちになるだけだった。他人のことを考えないで好き勝手にふるまっても、全然いい気持ちにならなかったわ。だからもうダメ。もうお姉ちゃんの言う通りにはしたくない。これ以上言うことは聞けないわ」

感情をあらわにすることもなく朱音は淡々と言い募った。その言葉が本当ならば、すべては嫌々ながらしたことだったのか。

しかし咲良は顔をしかめて、「そんなんだから何をやってもダメなのよ」と言った。

「薬剤師の仕事をはじめた時からそうじゃない。入社してすぐに一人薬剤師をさせられたり、ヘルプと言われて毎日別のチェーン薬局に行かされたり、偏屈な医者に疑義照会をして怒鳴りつけられたり、お局《つぼね》みたいな事務の女につまらないことで怒られたり、我儘な患者に、どうしてこんな時間がかかるんだ、もっと手早く仕事をしろって罵倒されたりして、毎日泣いていたことを忘れたの。他人に気を遣ったところで誰も褒めてくれないわ。この世で幅を利かせるのはいつだって嫌な奴なのよ。だから他人のことなんか気にしないで、自分の好きなように生きればいいの。その方が幸せに暮らせるわ」

「だったらお姉ちゃんは幸福なの？　あちこちで人を騙してお金を毟《むし》り取って、大きな街にいられなくなって、あんな山の中に逃げ込んだんじゃない。インドで本場のヨガの勉強をしたとか、アロマテラピーの資格を持っているとかだって、口から出まかせの大嘘よね。他人を気にせず、好き勝手にした結果で、マトリや警察に追われるようなことになっている。お姉ちゃんこそ、もっと謙虚になって、これまでの自分の行いを反省しなさいよ」

「やめてよ。ここでそんな話を蒸し返すのは」

咲良は慌てた顔をした。しかし朱音は構わずに、「とにかく私が協力するのはここまでよ。ここから先はお姉ちゃん一人でやって」と突っぱねた。

「それは無理だって言っているでしょう。ここまで手伝ったんだから、最後まで面倒みなさいよ」

「嫌よ。これ以上巻き込まれたくないの。大麻なんて指一本触れたくないわ」

「またそんなことを言う。大麻は海外のあちこちの国で解禁されているのよ。薬剤師だったら、もっと大麻について勉強するべきじゃない」

「それだって蕪木夫婦の受け売りでしょう。大麻の解禁なんてまだまだ先よ。現時点では違法なんだから関わりたくないの」

朱音は頑《かたく》なな態度を崩さなかった。さすがの咲良も根負けしたようで、

「そんなこと言わないで、お願いよ。お金がないと困るのよ。手に入れば私は身を隠す。そうしたら借金を返して、しばらく連絡しないから。だからなんとか今回だけは協力してちょうだいよ」と懇願する口調になった。

それでも朱音は渋っていたが、お願い、この通りよ、と咲良に何度も頭を下げられて、ついには折れた。

「仕方ないわね。今回だけよ」と口にする。

「ありがとう。助かるわ。お金が手に入ったら絶対に返すから。それでもう二度と迷惑はかけないわ」

見ていて二人の力関係がよくわかった。これまでもこうやって朱音は咲良に利用されてきたのだろう。

「それじゃあ、行きましょうか。車をコインパーキングに停めてあるのよ」

咲良の視線を感じたが、爽太は動こうとしなかった。

「僕の予定は無視ですか。それとも僕にも仕事を欠勤しろと言うんですか」

「明日、きみが休みなことは知っているわ。あなたに声をかける前に、ホテルに電話をして確かめたのよ」

前に泊まった時に水尾という社員に親切にしてもらったけれど、明日は出勤しているか、と訊いたそうだ。

「なるほど。用意周到なわけですね」

壁の時計を見た。九時二十二分。ピーマン抜きのナポリタンができるまであと五分ある。

「わかりました。行きます。でもその前に食事をしませんか。まだ夕食を食べていないんです」

「いいわよ。じゃあ、私たちもここで食べていく？　ナポリタンがあるとか言っていたわよね」

　咲良は朱音に声をかけてメニューを開いた。

「……何よ。ナポリタンなんてないじゃない」

　ぶつぶつ言いながら他のメニューを検討していたが、他に食べたいものがなかったのか、内線電話に手を伸ばした。

「ねえ、この店、ナポリタンはないの？　さっき女の店員が来て、そんなことを言っていたんだけど、……えっ、知らない？　嘘。たしかに来たわ。スヌーピーのエプロンをつけた女。……どういうことよ。話が見えないわ。……店長に代わってよ。どういうことか説明してちょうだいよ」

　咲良は受話器を耳から外して、「そんな店員はいない、誰もここには来ていないって言っているわ」と朱音に告げた。

「……なんなのよ、この店……ああ、あなた、店長？　どういうこと？　嘘じゃないわよ。本当に来たのよ。ピーマン抜きのナポリタンは二十分かかるって……えっ？　何？」

話をしていた咲良の顔が強張った。そして乱暴に受話器を置くと、

「店員はみんな制服を着ている、エプロンなんかつけてないって言ってるわ」

「そういえばコーヒーを持って来た店員は制服だったわね」と朱音が答える。

「じゃあ、あれは誰よ。……なんか嫌な感じ。食事はやめ。もう出ましょう」

咲良は焦ったように立ち上がる。

気づかれたようだ。しかしすでに二十五分になっている。残り二分。ここまでくればたぶん大丈夫だろう。さっき小窓を通して、窓の外に人影が見えた。

「これはまだ預かっておくわよ。目的の物を手に入れたら返すから」

咲良が爽太のスマートフォンに手を伸ばした。

「行くわよ」

咲良に急かされて、爽太は立ち上がった。

ドアをあけて外に出る。エレベーターホールに行くと、壁際に背の高い男性が背中を向けて立っていた。そのシルエットに見覚えがある。咲良が近づくと、くるりと振り向いた。

「早瀬咲良さんですね。少しお訊きしたいことがあるので、お時間をいただけませんか」

「何よ。あんた……あっ」

咲良の顔が青くなる。男は五月女だった。

「蕪木忍と康夫が逮捕されたことはご存知ですよね。そのことでお訊きしたいことがありますす。落ち着いて話の出来る場所にご案内しますので、一緒に来ていただけないでしょうか」

気がつくと五月女以外にも人がいた、まわりをぐるりと囲んでいる。男性が三人、女性が二人。麻薬取締官だろう。どこにも逃げられない状況だ。

「わ、私は何もしてないわよ。大麻の栽培と販売はあの二人がしたことよ」咲良は顔を引き攣らせて言い返す。

「くわしい話は後で聞きますよ」

五月女の指示で、大柄なショートカットの女性が咲良の横に立つ。

「本当に私は何もしてないのよ。そうだ。いい情報をあげる。どうめき薬局の刑部っていう薬剤師を調べなさいよ。鞄の中にお守りがあって、そこに大麻を隠し持っているの。嘘じゃないわ、本当のことよ。すぐに彼女を調べなさい」咲良がそんなことを言っている。

「あなたも一緒にいいですか」

五月女の言葉に、朱音も諦めたように頷いている。

「……水尾くんだったね。災難だったけど、きみも一緒に来てくれるかな」

最後に五月女は爽太に声をかけた。毒消し山荘で話した時より、心もち鋭い声だった。

「それは構いませんが、刑部さんは違うんです。大麻を使ったりはしていません。全部彼女たちが仕組んだことです」

「心配しないでいい。その話もあらためて聞くよ。とりあえず移動しようか」

五月女と一緒にエレベーターに乗って一階に下りた。

エントランスには、あの女性がいた。風花にいた髪の長いモデル風の女性だ。白いシャツを着ているが、スヌーピーのエプロンはもうつけていなかった。彼女もマトリの一員なのかと思ったが、こうして見ると違うようだ。

彼女は一体何者なのだろう。どうして自分が、ここに連れ込まれたことに気づいたのか。

ピーマン抜きのナポリタンを口実に使ったことを考えれば、毒島さんの知り合いかもしれない。しかしそれでも自分と毒島さんの関わりを知っているのが妙だった。

そんなことを考えながら、爽太は五月女と歩き出す。

そっと振り返ると、女性は勝ち誇ったような笑みを浮かべて、親指をあげていた。

5

「申し訳なかった。迷惑をかけて、本当に心苦しく思っているよ」

百目鬼社長が、爽太のグラスにビールを注ぐ。

「この飲み会はそのお詫びも兼ねている。だから遠慮しないで、思う存分、飲んで食べていきなさい」

爽太の方が恐縮するほど、百目鬼社長は低姿勢だった。昔は麻薬取締官だったというが、その片鱗《へんりん》はどこにも感じられない。見かけはどこにでもいるような愛想のいいおじさんだ。

「これから料理が来るからどんどん食べなさい。事件がこれだけ早く片付いたのも水尾くんのお陰だよ」

社長の行きつけだという路地裏の小料理屋だった。

八畳ほどの奥座敷に五人分の席が用意してある。テーブルは漆塗りで、座卓も座布団も高級そうだった。床の間にはもみじの枝を活《い》けた花器が置かれて、四字熟語が書かれた掛軸がかかっている。

「僕は何もしていないです。余計なことをして、まわりを混乱させたような気がしているんですが、それは大丈夫だったんでしょうか」

グラスに口をつけて遠慮がちに訊く。

「早瀬朱音が何かを企んでいることには気づいていたけれど、何が目的なのかはっきりしなくてね。こちらとしては打つ手がなくて困っていたんだ。そういう意味ではあそこできみが動いてくれて助かった」

「はっきりした目的があって動いたわけではないですよ。たまたま動いたら相手の思う壺《つぼ》にはまったというわけで、それ以上の意図はなかったんです」

「今回のことは社長が悪いと思います」と刑部さんが口をはさんだ。

「そもそも毒島さんにだけ事情を話して、私には黙っていたということがおかしいですよ。きちんと説明してくれていれば、私だって余計なことを水尾さんには言わなかったのに」

「敵をだますには味方からとも言うし、事情を知った人間は少ない方がいいと思ってね」

百目鬼社長は苦笑いをした。

「でも私からしたら、刑部さんが水尾くんにすべて話した理由がわからないけどね。一緒に旅行に行ったとは聞いたけど、職場で起こったことをすべて話すほどに親しい間柄だとは思わなかったよ」と不思議そうに言った。

「それは、まあ、色々とありまして」

刑部さんはちらりと爽太の顔を見てから、「そもそも社長はどこまで知っていたんですか。あの二人が姉妹だって、最初から知っていたんですか」と訊いた。

「わかったのは雇った後だよ。五月女と連絡を取っているうちに判明したことなんだ」

蕪木夫妻が検挙された後も、マトリは咲良の行方を追っていた。その経緯で、彼女に薬剤師をしている妹の朱音がいるとわかったのだ。

「取り調べの時、五月女と毒島さんの関係を疑うような話を忍がしたらしい。薬剤師の女を情報提供者に仕立てて、毒消し山荘に送り込むなんて汚いじゃない、というようなことだ。五月女からすればそれは濡れ衣だ。毒島さんに興味を抱いたのはたまたまだった。あんな場所で、かつての上司の経営する薬局に勤めている薬剤師に出会って、単純に驚いたということだったらしいんだ」

それまでに集めた情報で、ハイキングのチェックポイントをすべてまわった宿泊客に幸運の種子が渡されることも、その幸運の種子が大麻の種子だということも五月女は知っていた。それで警告を与えようと、毒島さんにこっそりメッセージを送ったのだ。

「五月女はそこで色々な可能性を考えたらしい。何も知らないで訪れたのか、それとも大麻のことを知って、それを目的に訪れたのか。あろうことか、私の指示で訪れた可能性も考慮したらしい。私が大麻の情報を聞きつけて、部下の薬剤師を使って調査させているとかね。チャーリーズ・エンジェルじゃあるまいし、そんなことがあるわけないだろうに、あいつは本気でそんなことを考えたらしいんだ」

メッセージを暗号にしたのは、毒島さんが危うんで忍や咲良にその手紙を見せる危険を考えてのことだ。手紙を出す前にヒントを与えて、そうさせないように伏線を張っていたが、しかし廊下の神棚に監視カメラが隠されていることには気づかなかった。

「五月女がマトリとわかったことで、毒島さんたちがマトリの協力者だと忍は思い込んだようだった。ガサ入れの最中、捜査員の目を盗んで咲良にそのことを知らせた形跡もあった。報復してほしいと書かれていたそうだ。それで五月女は心配して、私に連絡をしてきたんだよ」

それで情報交換をしている時に、早瀬朱音が咲良の妹だとわかったのだ。

話の途中で、料理が運ばれてきた。刺身の盛り合わせ、地鶏のもも焼き、小松菜と厚揚げの煮びたし、白エビの唐揚げ、賀茂《かも》ナスの味噌田楽《みそでんがく》。

さあ、どうぞ、どうぞ、遠慮しないで箸をつけて、と百目鬼社長は爽太に奨める。

そして自身は手酌でビールを飲みながら、話を続けた。

「驚いたけれど、一度採用したものを理由もなくクビにはできない。困ったといえば困ったけれど、逆に考えれば、それが手がかりになるかもしれないとも考え直した。だから捜査協力をして、こっそり五月女と連絡を取り合っていたんだ」

「様子を見るって、彼女、最初から色々と問題を起こしていたじゃないですか」と刑部さんが不満そうに言う。

「問題と言っても、解雇できるほどに重大なものではなかったからね。もちろん、これから大きな問題を起こそうとしている可能性はあった。五月女もそれを心配していたが、私にはそこまでの悪意を彼女からは感じなかった」

しかし、そうしているうちに麻薬が金庫からなくなるという騒ぎが起こったのだ。

「さすがにそれは驚いた。とりあえず毒島さんのロッカーから出てきたわけだが、さらに嫌がらせがヒートアップする危険もある。これは事態を甘く見ていたか、と反省した」

それで事情を毒島さんに打ち明けたのだ。百目鬼社長が直接朱音の行動を見張りたいので、自宅謹慎という名目で有給休暇を取ってくれないかと頼んだのだ。

その話を受けて、毒島さんが喋り出す。

「社長から話を聞いて、ああ、そういうことか、と納得しました。彼女の仕事ぶりにはムラが多かったんです。丁寧な仕事をする時もあれば、完全な手抜きの時もある。奇妙な仕事ぶりだと思っていましたが、社長の話を聞いてその理由がわかりました。患者さんに迷惑をかけない範囲で、私たちに嫌がらせをする方法を考えていたんだと思います」

「そうだったんですかね。私にはわかりませんでしたけど」

刑部さんが悔しそうに首をふる。

「そういうわけで現場に入ったんだが、本音を言うと困ってもいた。ブランクもあって、間違えないように仕事をするだけで精一杯だった。こんな状態でどうやって彼女の行動を見張ろう、長期戦になったらどうしよう、とうじうじと考えていたわけだ。他の方法も考えてはいたが、確実性に欠けてね。そんな時にきみが行動してくれたお陰で、一気に事態が動いて、解決したってわけなんだ」

百目鬼社長はそこで爽太の顔を見て、「君には本当に迷惑をかけた。危険なことに巻き込んでしまって申し訳ない」と頭を下げる。

「やめてください。僕が勝手にやったことですから。というか事情がわかってみれば、僕にも関係あることだったんです。向こうは最初から僕を巻き込むつもりだったんですから、頭を下げられても困ります」

「私が毒消し山荘に誘ったことがきっかけです。謝らなければいけないのは私です」

本当にすみません、と刑部さんも頭をさげる。

「刑部さんは全然悪くないですよ」

爽太が慌てて言うと、「そうです。誰も刑部さんの責任とは思っていません」と毒島さんも同調した。

「色々とありましたが、私は楽しかったですよ。ハイキングにリラクゼーション、焚火、暗号の謎解《なぞと》きと盛りだくさんで、いい経験ができました」

「毒島さん、本当にそんな風に思っていたんですか」と刑部さんが目をまるくした。

「本当ですよ。大麻のことさえなければ、とてもいい旅行だったと思います」

まあ、たしかにそうも言えるだろう。

「大麻といえば、刑部さんの持っていたお守りはどうなったんですか。大麻は入っていなかったと後から聞きましたが、本当なんですか」

「本当だよ。五月女に確認した」百目鬼社長が頷いた。

「じゃあ、咲良の話は嘘だったんですか」

「咲良が朱音に大麻を渡して、そうするように命令したのは事実だそうだ。しかし大麻を所持することや、ましてや薬局内に持ち込むことを朱音は躊躇《ちゅうちょ》した。それで言うことを聞いたふりをして、受け取った大麻はそのまま捨てたということだ」

乾燥させた大麻の葉を隠し持っていたことがわかって咲良はあの日逮捕された。大麻には関わっていないという言葉も嘘だったようだ。朱音は事情を訊かれただけで帰されたが、翌日に薬局を訪れて、百目鬼社長にすべてを話して退職を申し出たという。

「朱音は子供の頃から他人とコミュニケーションを取るのが苦手で、まわりから孤立することが多かったそうだ。頼まれたら嫌と言えず、薬剤師になってからも、まわりから嫌な仕事を押しつけられることも多かった。それで薬剤師という仕事にずっと不信感を持っていたようだ。それでも仕事は好きだから、鬱々としながらも我慢して続けていたらしい」

対照的に咲良は誰とでも仲良くなれる性格だった。華やかな雰囲気も持っていて、子供の頃から朱音は姉に対して劣等感と憧れを同時に抱いていたようだ。

そんな事情もあって、成長してからも表立って逆らうことはできなかったのだ。

「姉は定職にも就かず、詐欺まがいの行為を働いては、あちこちを転々としていたようだね。彼女に多額の借金もしていたらしい。そんな姉とは縁を切ればいいとも思うが、肉親の情もあるし、子供の頃からの複雑な感情もあるようで、つかず離れずの関係を長年続けてきたらしいんだ。今回は、『いい金儲けの話がある。成功すれば大金持ちになって、犯罪行為からは足を洗える。そうなれば借金もすべて返せるので、なんとか協力してくれないか』と懇願されたらしいんだ」

金儲けというのは、ハイキングコースのチェックポイントに隠してある金を探すことか。

「大金持ちになれるって、一体どれくらいのお金を隠してあるんでしょう」と爽太は思わず口にした。

「どうだろうねえ。その話を聞いたマトリが、それらしき場所を掘り返したけど、何も見つからなかったという話だよ。咲良は知らなかったようだが、台風の後も、周囲で何度か土砂崩れがあったようなんだ。地形がすっかり変わったようで、もしかしたらもう見つからないかもしれないね」

百目鬼社長は皮肉な笑みを浮かべた。

「朱音さんは辞めたんですか。いまの話を聞くと同情する点もあると思いますが」爽太は訊いた。

「一応は引き留めたんだけどね。コデインリン酸塩錠を盗ったことは許せないが、薬局の外に持ち出すことはしなかったし、患者さんへの暴言や、医療事務のスタッフに対する威圧的な態度も作為的にしたことで、嫌々ながらしたことだと反省していた。薬歴についても申し訳ないことをした、刑部さんに謝ってくださいと言っていたよ。はじめて使うソフトで使い勝手が悪く、それでテンプレートのコピペがメインになったそうだ。まあ、嫌がらせという目的があったから、それでもいいやと割り切ったそうだけど」

「たしかにそうですね。今のソフトは使い勝手がよくないです」毒島さんも同意を示した。

「可能であれば別のソフトに変えてほしいです」

「わかった。それについては善処する」

百目鬼社長は苦笑して、「そういうこともあって、姉と離れれば、彼女も落ち着いて仕事をできるんじゃないかと思ったんだ。咲良は過去に詐欺で有罪になって、今は執行猶予の身であるらしい。だから今度のことで起訴されれば、実刑がつくのは間違いない。収監されて刑務所に行けば距離を取って生活できる。だからこのまま残らないかと引き留めたんだが……」

嫌がらせをした人たちに顔向けできない、と固辞したそうだ。

「残念ですね。一緒に仕事をしていて勉強になるところもあったんですが」毒島さんはつぶやいた。

「私も少し感情的になり過ぎた気がします」刑部さんも肩を落とす。

少ししんみりした雰囲気になった。

爽太はグラスに残ったビールを飲み干して、「もうひとつ訊きたいことがあるんです。あのモデル風の髪の長い女性は誰なんですか」と百目鬼社長に訊いた。

「あの時は気づきませんでしたが、あの女性、風花で朱音さんが出てくるのを待っていたんですよね。別の方法も考えていた、と百目鬼社長はさきほど仰《おっしゃ》いましたが、それはあの女性のことを指しているんじゃないですか。彼女が朱音さんを尾行して、様子を探るつもりだった。しかしそれを知らない僕が、勝手に尾行をはじめてしまった。仕方なく彼女は僕を尾行した。そこで僕の後を追っている咲良の存在に気がついた。

彼女は百目鬼社長に連絡して、そこから五月女さんに連絡が行った」

そういう流れがあって、五月女さんがカラオケボックスで咲良を捕まえたと思うのですがどうでしょうか、と爽太は訊いた。

咲良は妹が尾行されている可能性を考えていたのだろう。待ち合わせ場所に来る妹の様子を陰からこっそり窺っていた。そこにのこのこと現れたのが自分だった。これ幸いと咲良は飛び出してきたが、まさかその後ろにも尾行者がいるとは思わなかったのだ。

「彼女もマトリの一員かと思ったんです。でも五月女さんたちとは行動をともにしていなかった。ということは彼女は薬局のスタッフですか」

薬局には医療事務の女性、それに不定期で来るパートの薬剤師がいるという話を聞いていた。別の方法を考えていたという社長の言葉を聞いて、そのうちの誰かなのかと思ったのだ。しかし毒島さんが、「彼女は薬剤師でも医療事務でもありません。薬局のスタッフではないんです」と否定した。

「やっぱり毒島さんは、彼女が誰か知っているんですね」爽太は毒島さんに向き直った。

「あの女性は、毒島さんがピーマンを苦手なことを知っていました。店員のふりで部屋に来て、それを連呼したのでピンときたんです」

爽太の言葉に、毒島さんは頬を少し赤らめた。

「それを聞いて恥ずかしくなりました。もっと他のことで仄めかしてくれればよかったのにと思います」


「だけど、それだけでよくわかったね」と百目鬼社長が不思議そうな顔をする。

「他人の食の好き嫌いなんて、一度聞いてもすぐに忘れてしまうと思うけど」

「水尾さん、そういうことに関する記憶力は抜群なんです。どんなつまらないことでも覚えていると思います」すかさず刑部さんが口をはさむ。

「そうですよね。水尾さん」

「ええ、まあ、そうですね……」

そこであらためて気がついた。あのモデル風の女性は、毒島さんの食べ物の好みだけではなく、毒島さんに対する自分の心情も知っている。そうでなければ、あんな方法でメッセージを送ってこない。あれは両方をわかったうえでの行動だった。

「誰なんですか。あの人は」

あらためて訊くと、毒島さんと刑部さんは同時に百目鬼社長の顔を見た。ということは刑部さんも知っている人なのか。

「……待ってくれないか。もうすぐ来ると思うから」

百目鬼社長は空っぽの五人目の席に目をやった。

「その女性が、ここに来るんですか」

「子供の世話を終えてから来ることになっている」腕時計を見た。

「……そうだな、あと二十分はかからないと思う」

「それなら種明かしは本人が来てからにしましょうか」

刑部さんが言うと、それを受けて毒島さんが、「じゃあ、それまで私も、自分の考えを話していいですか」と言った。

「咲良さんの目的は、本当にお金を手に入れることだったのでしょうか」

「別に目的があったと思うんですか」

「お金だけで、マトリと関係があるかもしれない薬局に妹を就職させようなんて、危険なことを考えるでしょうか」

「朱音のことはバレていないと思ったんじゃないのかな。それで自分は身を隠して指示を出していた。意趣返しのことも含めて、危険な橋を渡ったとは思うけど、それだけ我々に恨みがあったということなのかな」百目鬼社長が答える。

しかし毒島さんは納得しないようで、「それも疑問に思います。意趣返しの話は、本当の目的から目をそらせるためのフェイクじゃないかと思うんです」と続けた。

「ここまでの話を聞いている限り、咲良さんが蕪木夫婦にそこまで恩義やシンパシーを感じていたとも思えません。感じるのはビジネスライクな関係です。二人が逮捕されたことで、私たちに意趣返しをしても、彼女には何のメリットもありません」

咲良は自分にメリットがないことはしない、と言いたいようだった。

「目的はお金だけだったということですか」

「それも変です。山荘の売上でも、大麻の商売でも、大金持ちというほどの大金を稼げるとも思えません。それでも水尾さんをハイキングコースに連れて行くことに、彼女はこだわっていた。そのことから考えるに、お金以上に大事な物がそこに隠されていたのではないかと思いました」

お金以上に大事な物とは何だろう。

「気になったのは水尾さんへの質問です。ハイキングコースの話をする前、幸運の種子をどうしたかと質問されたと水尾さんは言いました。持っていないことを確認した上で、彼女はハイキングコースの話をしたそうですね。でももし持っていると水尾さんが返事をしていたら、幸運の種子を持って来いと言ったのではないかと思います」

「ということは、彼女たちの目的は大麻の種子を手に入れることだったということかい。それこそそれだけでそんな危険な橋を渡るかな」百目鬼社長が首をひねる。

「それが普通の大麻の種子ではなかったとしたらどうでしょう。康夫さんは国立大学の農学部を出て、農作物の品種改良を勉強してきたという話です。それを基礎知識として、毒消し山荘に籠って、大麻の品種改良をしていたとしたら……。リピーターの宿泊者に大麻を吸引させていたようですが、そういう人たちに自分が作った大麻の評価をしてもらっていた可能性もあります。植物は土壌や天候、温度の変化で生育状況が変わり、作られる化学物質の量や質も変化するそうです。品種改良することで良質のTHCが多く含まれた品種、逆にCBDしか含まれない品種を作ることも可能です。質のいい品種を作れば、将来的には高値で取引されるのではないかと思います」

「そうやって作られた品種の種子を、ハイキングコースに隠していたかもしれないってことですか」

毒消し山荘にガサ入れされれば、その努力の結晶も無駄になる。すべて没収されて、焼却処分されるだろう。その保険として品種改良した種子を山中に隠していたという可能性はありそうだ。

「幸福の種子として宿泊客に配ったのも、そういった種子だったわけですか」と爽太は訊いた。

「何かあればそれを取り戻して、使う意図が蕪木夫妻にはあったのかもしれませんね」と毒島さんは頷いた。

「うーん、それはどうかな」百目鬼社長が腕組みをした。

「五月女の話によれば、蕪木夫婦は過去に大麻は無害だと主張して、世の中に広めようと画策する団体に所属していたことがあるようなんだ。そこでは一般家庭に大麻の種子を郵便で送りつけるような行動をしていたらしい。そういう意味では咲良が蕪木夫婦のしたことを利用したということになるのかな」

ガサ入れがあって、山荘の顧客情報もすべて没収された。種子を取り戻すにも、客の住所も電話番号もわからない。それでかろうじて覚えていたどうめき薬局とホテル・ミネルヴァの名前を頼りに、種子を手に入れる方法を考えたということか。

「意趣返しとか、金の話は、朱音を仲間に引き入れ、水尾くんに協力させるための口実だったのかもしれない」

「でも大麻の品種改良で、大金持ちになれるんですか」と刑部さんが首をひねる。

「謹慎中にネットを検索して、こんなことを主張しているＳＮＳを見つけました」

毒島さんはスマートフォンを出して、その主張を読み上げた。

「『……日本では大麻は麻薬のような扱いをされているが、依存性はあまりなく、様々な病気を治す成分が含まれていることがわかっている。海外では医療用として解禁されて、さらには嗜好《しこう》用の解禁を奨めている国もある。わが国では現在ＣＢＤのみ合法とされているが、将来的には海外と歩調を合わせて、ＴＨＣも解禁されることになるだろう。その時には大麻市場ができて、ものすごい金が動くことになる。ＣＢＤを多く含んで、ＴＨＣを含まない品種を作れば、国内でも栽培ができる。逆にＴＨＣをより多く含んだ品種を作れば、海外の需要も期待できる。現在、大麻の栽培は一部の産業用を除いて違法なので、大手企業はまったく手を出していない。最大のビジネスチャンスがそこにある。大麻の品種改良を行えば、この国での大麻の第一人者になれるだろう。成功すればとんでもない金額になる。大麻は金の成る草だ。ゴールドラッシュならぬグリーンラッシュはすぐそこにある』」

毒島さんは顔をあげると、

「書いたのはフリーのジャーナリストですが、『苦労しないで金儲けをする方法』や『これから稼げるニッチな業界』といった本を出版していました」

そういえばそんな題名の本が毒消し山荘の棚にあった。

「それを見て、大麻で稼げると思い込んでいたわけか。なかなかユニークな推理だね。毒島さんは面白いことを考える」

百目鬼社長は顎を撫でながら、泡の消えたビールをぐびりと飲んだ。

「そういうことなら教えてあげよう。ここだけの話、毒消し山荘の隣の棟の二階では、かなり本格的な大麻栽培が行われていたらしい。壁には反射シート、太陽光に近いナトリウムランプを天井に吊るし、タイマーで日照時間を調整して、大麻が花をつける秋を人工的に作るんだ。そうやって計画的に大麻の刈り入れをしていたという話だ。ヒーターや扇風機で温度と湿度を適正に保てば、品質のいい大麻が栽培できるからね。様々な種子を取り寄せては、掛け合わせて品種改良を試みていたような形跡があったと五月女は言っていた」

「じゃあ、やっぱり毒島さんの考えた通りですか」

いつもながら毒島さんの推理力には舌を巻く。咲良から話を聞いたのは自分なのに、そんなことには考えが及びもしなかった。

「咲良が考えたことは、毒島さんの推理した通りかもしれない。でも実際にどうなるか、品種改良された大麻の種子が大金を産むかはまた別問題だ」

個人的には眉唾《まゆつば》な話だと思うね、と言って、百目鬼社長は小松菜の煮びたしを箸でつまんで口に入れた。

「その夫婦は、前の所有者が栽培していた大麻をきっかけに、そういったことを思いついたわけだろう。しかし前の所有者が栽培していたのは産業用の大麻だ。神事に使用される大麻は繊維の質はいいが、含有されるカンナビノイドは多くない。日本に自生する大麻はTHCの含有量が低い。だから日本では大麻を嗜好するという文化は生まれなかったんだ」

その話は前に毒島さんから聞いた。

「だから自生している大麻をベースに品種改良をしても、本当に高品質な大麻は作れない。野生の馬にサラブレッドを掛け合わせても、本当に脚の速い馬は生まれないということだ」

外国では、カンナビスが未知の薬を創り出す宝の山だと考える節もあるようで、その研究は日進月歩で進んでいるそうだ。

医療用や嗜好用の大麻を解禁した国はすでにあるし、そういった国ではカンナビスの研究も解禁となっている。イギリスでは製薬会社が新薬の創成に携わっているし、アメリカでは複数の企業が大麻の栽培、研究に取り組んでいる。

「大資本の研究施設で、ＴＨＣやＣＢＤの品質や含有量を適度にコントロールした品種が、大量生産されているわけだ。仮に国内で大麻が解禁されたら、そんな企業が一斉に日本に乗り込んでくるだろう。農学部出身の世をすねた研究者が、自生の大麻を品種改良したところで、そういった品種には太刀打ちできないよ。竹槍《たけやり》でＢ29に立ち向かうようなものだ。大金持ちなんて夢のまた夢、ただの戯言《ざれごと》だ」

そう言って百目鬼社長は肩をすくめた。その話の内容にはリアリティがあり、毒島さんも刑部さんも黙り込む。ならば咲良の行動は骨折り損のくたびれ儲けだったというわけか。でも、そうならなぜあの山荘では医療従事者の宿泊料は二割引というサービスをはじめたのだろうか？　医療従事者を懐柔して、医療用麻薬を横流ししてもらおうかとでも思っていたのか。そんな疑問を爽太が口にすると、百目鬼社長が口を開いた。

「医療従事者であれば、大麻の素晴らしさも理解しやすいと思っていたようだよ。それにコロナで疲弊した心身を癒すのに、大麻が本当に効くと思っている節もある。あの夫婦は金銭だけが目的ではなく、本気で大麻に入れこんで、親切心から広めようとしていたらしいんだ。そういう意味ではなんとも浮世離れした夫婦だよ」

その時、すっと襖《ふすま》があいて、仲居さんが顔を覗かせた。

「お連れ様が見えました」

続いて見覚えのある女性が入ってきた。

「ごめんなさい。遅れちゃって」と言いながらみなの顔を見渡した。

「出かける間際になって、陽介《ようすけ》が保護者会のプリントを持ってきて、それも出欠の期限が昨日だったのよ。ランドセルの奥に突っ込んでいて、そのまま忘れていたらしいんだけど、本当にいつも同じことの繰り返しで嫌になっちゃう。どうして男の子ってこうなのかしらって愚痴ったら、それは男性差別だって口ごたえするので、こっちも頭に血がのぼって、そういう理屈を言うなら宿題もプリントも二度と忘れないようにしなさいって、ついつい本気モードで説教しちゃったわよ」

百目鬼社長に向かって一気に喋った後で、コートを脱ぎながら毒島さんと刑部さんに笑顔を向けて、「久しぶり。元気でやっている？　方波見さんのことは聞いたわよ。旦那さんの具合が悪いんだって？　前に長く入院したこともあるから心配ね。大事にならなければいいんだけど、今度お見舞いに行こうかな」と話しかける。

それから空いていた席に着くと、背筋を伸ばして、

「あの時はごめんなさいね。百目鬼の妻の杏里《あんり》です。このたびは夫が迷惑をかけて本当に申し訳ありません」と爽太に向かって頭を下げた。

そういえば年が離れた奥さんがいると言っていた。百目鬼社長の奥さんだったのか。

「迷惑をかけたなんてとんでもない。僕の方こそ、余計なことをしたようで申し訳なく思っています」爽太は慌てて頭を下げ返した。

「余計なことなんて全然ないわ。尾行なんて、他に打つ手がなくて仕方なくしたことだもの。苦しまぎれのダメ元の行動だったのよ」

朱音を尾行したのは、杏里さんのアイデアらしかった。百目鬼社長は反対したが、何もしないでいたら相手のいいようにされるだけだ、と杏里さんが押し切ったそうだった。

「風花で待っていて、あなたが外にいることに気づいたの。見ていたら、私より先に早瀬さんの後を追っていくじゃない。あなたが誰なのかわからなかったけど、バレたらまずいと思って、距離を取ってその後を追いかけたわけ。そうしたら自分以外にもあなたを尾行している女性がいるじゃない。さらにあなたに声をかけて、一緒にカラオケボックスに入っていく。それで慌てて写真を撮って、夫経由で毒島さんに見てもらったの」

それで二人が爽太と咲良とわかったのだ。さらに百目鬼社長を通じて、五月女に連絡がいった。しかし人を集めるのに一時間かかるということで、一人で別の部屋に入って、こっそり見張っていたそうだ。

「ドアの小窓から様子をちょこちょこ見ていたのよ。暗くてよくわからなかったけれど、そろそろ出ていきそうな気配を感じたの。それで場所を移動しないように、百円ショップでエプロンを買ってきて、店員を装って一芝居打ったわけ」

爽太だけに通じるような方法を、必死に考えたという。

「それで、ピーマン抜きのナポリタンという単語を出して引き留めたんだけど、意味が通じないで出てきたらどうしようかって、一人で冷や冷やしていたわ」

「さすが杏里さんですね。その大胆さはさすがです」刑部さんが感心したように言う。

「あなたの勘がよくてよかったわ。気づかなかったら、それはそれで問題だとも思うけど」

杏里さんは意味ありげに言って、注文したレモンハイのグラスを一気に半分ほど空にした。

「問題って何が？」百目鬼社長が不思議そうに訊く。

「あなたは知らなくていいことよ」杏里さんはそっけなく言って、

「花織ちゃんや夢乃ちゃんとこうして飲むのは久しぶりね。今日はいっぱい飲みましょうね」と二人に笑いかける。

「……あの、杏里さんは薬局内のことにくわしいんですか」

杏里さんがどこまで知っているのか気になって、爽太はおずおずと訊いてみた。

「こう見えても社長夫人だもの。薬局内のことには色々とアンテナを張っているわけ。花織ちゃんとは前に風花に一緒に行って、そのときにナポリタンを食べながらピーマンがダメだってことを聞いたのよ。あなたのことは方波見さんから聞いている。いつか会ってみたいと思っていたから、こうして会えて嬉しいわ」

「杏里さん、前は薬局によく顔を出していたんです。でも新型コロナのことがあってからは足が遠のいて」と刑部さんが補足する。

「でも久しぶりに会ったら、花織ちゃんも感じが変わったわよね。前はもっとツンツンして、他人を寄せつけないところがあったけど、少し柔らかくなった感じがあるわ。どうしてそうなったのか興味があるんだけど、本人としてはそのへんをどう思っているのかな」

杏里さんはテーブルに頬杖《ほおづえ》をついて、毒島さんの顔を覗き込む。

「私としては特に変わったつもりはないですが」毒島さんは戸惑った顔をした。

「へえ、そうなんだ。だとすると自分で意識しないうちに変わったということね。それはそれでいいことね。きっと周囲にいる人間が、花織ちゃんにいい影響を与えているんだと思うわよ」

そう言いながら杏里さんは爽太を見て微笑んだ。その仕草がどうにも艶《いろ》っぽくて、爽太は逆に落ち着かない気分になった。

「杏里さんって、毒島さんに負けず劣らず観察力がすごいんですよ。私も過去に色々と指摘されて驚いたことがあります」刑部さんが声をひそめて爽太に言った。

「人間の心理というか、男女の機微《きび》というか、そういう面においては、毒島さん以上に鋭いです」

「それはそうよ。夜の街で鍛えられたアビリティだもの」と杏里さんは胸を張る。

夜の街という言葉に、一瞬空気が張りつめる。しかし杏里さんはすぐにその気配に気づいたのか、みんなの顔を見渡して、

「あら、変なことを言っちゃった。そうか。夢乃ちゃんにはまだ言ってなかったか。花織ちゃんには話したわよね。史郎《しろう》さんと知り合って、つき合った経緯も含めて、結婚するまでのことを全部」と毒島さんの顔で視線を止めた。

「はい。聞きました」毒島さんは静かに頷いた。

史郎さんというのが百目鬼社長の名前のようだ。

「じゃあ、今日はいい機会だから、夢乃ちゃんと水尾くんに全部話しちゃおうか」

杏里さんはレモンハイのグラスを一気に飲み干して、「いいわよね」と百目鬼社長

の顔を見る。

「きみが良ければ、もちろんいいよ」

百目鬼社長は我関せずという顔をして、手酌でビールを飲んでいる。

「じゃあ、お許しが出たところで、あらためて」杏里さんはもぞもぞと足を動かした。

「私、六本木《ろっぽんぎ》のキャバクラで働いていたんだけど、悪い男とつきあって、大麻を吸って逮捕されたことがあるんだよね。二十三歳の時。その時のガサ入れの責任者が彼だったのね。起訴されて、執行猶予がついたんだけど、それからも何かと面倒を見てくれて、それが縁で結婚に至ったというわけ」

「そう……なんですか」

刑部さんがぽかんとした顔で言う。

重い話をあっけらかんと話されて、どうリアクションをすればいいのかわからないようだ。

それは爽太も同様だった。どんな相槌を打てばいいのかわからない。

「びっくりさせちゃった？　ごめんね。でも逮捕されて以後は一度も手を出していないから安心していいわよ」と杏里さんは屈託なく笑う。

「マトリの捜査官が、大麻で逮捕した女と結婚するなんて、世間的には許されないことじゃない？　だから私は身を引こうと思ったの。でも史郎さんが、マトリを辞めて他の仕事をするからいい、そんなことは気にするなって言ってくれて」

マトリには優秀な人材がいくらでもいる。だから自分が辞めても問題はない。だけどお前を支えてやれるのは俺しかいない。お前と一緒にこれからの人生を歩みたい。そう押し切られて結婚したそうだった。

「問題の多い家庭で育ったせいで、早くから家を出て、逮捕されても本気で心配してくれる大人がいなかったのね。夜の街に戻れば、またそういう仲間とつるむだろうと心配してくれて、その心配が最終的に結婚につながったというわけなの」

杏里さんはあっけらかんとした口調で、際どい話を次々に口にする。

「……知りませんでした。すごいです。社長、かっこよすぎです」

感銘を受けたのか刑部さんは、百目鬼社長に感服の眼差《まなざ》しを向けている。

「当時の杏里はすごく反抗的で独善的だったんだよ。でも話をしていると、根は素直で優しい性格をしているとわかってね。家庭の事情がよくなくて、一人で苦労しているということがわかった。それで放っておけない気になって、執行猶予がついた後、また仲間と連絡を取れば、元の木阿弥《もくあみ》、いや、もっと悪くなると思ったんだ。でも結婚に至ったのは決して同情や憐《あわ》れみからじゃない。彼女が実はしっかりした考え方をしている人間で、一緒に生活をしていくのに適した相手だとわかったからだ」

「私は自分がしっかりしているとは思わないけれどね。でも、まあ、そういうわけで結婚して、子供も二人生まれて今に至るわけ。社長夫人にさせてもらって、これ以上はない幸せを手に入れたんだけど、若い時のことを思い出すと、自分だけが幸せになるのは申し訳ないような気になって」

それで問題を抱えた若い人のことが気になるのよね、と言葉を続けた。どうやら杏里さんは朱音のことも心配しているようだ。

「身勝手な姉に翻弄《ほんろう》されて、薬剤師の仕事も中途半端で、このままではいつか本当に悪い道に足を踏み入れそうで心配なのよ。薬剤師になるには六年制大学の薬学部に通って、国家試験に合格する必要があるじゃない。努力に努力を重ねて手に入れた資格なのに、姉のせいでそんなことになるのはもったいないわよ」

「それは私も同感です。基本的にはきちんと仕事をする人だと思います」と毒島さんも同意した。

「私にはよくわかりませんでしたけど……」刑部さんはどこか不満そうだった。

「薬剤師としての基本的な立ち居振る舞いは整っていました。たとえば瓶の蓋を取って、中の薬を出したりするときに、蓋をそのへんに置かずに、同じ手で瓶と蓋を持っていました。瓶と蓋を取り違えないための基本的な所作ですが、そういったことを忠実に守ってることは美点だと思います。本当に仕事ができない薬剤師は、そういうことも守れませんから。それ以外にも、立ち振る舞いや所作が丁寧できちんとしていましたよ。色々と問題は起こしましたが、あれが彼女の本来の姿ではないと私は思います」

「毒島さんが言うなら、そうかもしれないですね」

刑部さんは渋々ながら頷いて、「もしかしてどうめき薬局でまた雇うってことですか」と百目鬼社長に訊いた。

「それはさすがに難しいから、別のところを探しているところだよ」

退職の申し出は受けたが、まだ受理していないということだった。

「最後は本人が決めることだから、どうなるかはわからないけれどね」

「いつもこうです。社長も杏里さんも、本当に人がいいんです」と刑部さんは呆れたように爽太に囁いた。

「あそこに掛軸がかかっているけれど、なんと書かれているか読めるかな」

ふいに百目鬼社長が床の間を指さした。

「わからないです。漢字が四つ書かれていることはわかりますが」と刑部さん。

「そのうちのひとつくらいは読めるだろう」

「三番目は之という文字ですね」刑部さんがつぶやいた。

それは爽太にもわかる。

「きみたちはどうだい。他の字が読めるかな」

「同じです。之という字しかわかりません」

「最初の文字は麻……ですか。次は中のように見えますが」と毒島さんが目を細めて言った。

「おお、いい線いったね。麻、中、之ときたら、最後は何という字が適当かな」

四文字目は画数が多い漢字に見える。しかしそれ以前に麻中之という言葉の組み合わせが何を表すかがわからない。三人で顔を見合わせていると、

「最後は蓬《よもぎ》よ。あれは麻中之蓬《まちゆうのよもぎ》と読むの」と杏里さんが教えてくれた。

「麻は、さっきから話題に出ている植物の麻のことよ。蓬も植物で、道ばたにもよく見られるありふれた草。漢方薬では艾葉《がいよう》といって止血作用があるそうよ。ヨモギ餅《もち》に使われたり、モグサの材料にもなるけれど、ここでの意味は、曲がって育ちやすい性質がある植物だということ。そういう植物でも、麻のように真っすぐ育つ植物と一緒に植えれば、同じように育つという意味の言葉」

よい環境の中で、よい人と交わり、よい教育を受けて育てば、どんな人でも捻じ曲がることなく、真っすぐに育つ。そういう意味の言葉だそうだ。

「出典は中国だけど、大麻を含む麻という植物は、天に向かって真っすぐに育つ、生命力のある植物という認識で人々に捉えられていたんだよ。それが悪いイメージに置きかえられたのは戦後になってから。GHQの指示で大麻取締法が導入されて、ベト

ナム戦争によるヒッピー文化の影響で、マリファナという言葉が広く世間に浸透した後のことなんだ」

百目鬼社長は嬉々《きき》として言った。

その先も続けたそうだったが、

「そんな話はもういいわよ。今の若い人にGHQとかヒッピーとか言ってもわからないわよ」と杏里さんに言われて、頭を掻いた。

「そうですね。B29とか、チャーリーズ・エンジェルとかいう言葉の意味もわからなかったですし」と刑部さんも頷いた。

「B29は太平洋戦争で使われたアメリカの爆撃機だよ。チャーリーズ・エンジェルっていうのは昔、そういうテレビ番組があって――」

「だからそんな話はもういいわよ。ところでお腹が減ったんだけど、もっと食べ物を頼んでいい？」

百目鬼社長の言葉を遮って、杏里さんはお品書きに手を伸ばす。

「みんな、好きな物を注文しなさい。史郎さんの奢《おご》りだから、遠慮しないで高い物を頼んでいいのよ。お刺身の盛り合わせとか、和牛の陶板焼きとか、そうだ、ここはうなぎの白焼きも美味しいわよ」

それからメニューを爽太の前に押しやって、「あなたにお礼をするための席なんだから、好きな物を頼みなさい」と言った。

「お酒はどうする？　ビール？　それとも他の物にする？　今日はゆっくり飲みましょうね。あとで花織ちゃんの昔の話もしてあげるから」

杏里さんは悪戯っぽい笑みを浮かべて、そっと爽太に囁いた。

作中に出てくる薬の商品名は架空のものです。
薬は医師や薬剤師に相談のうえ使用してください。
この物語はフィクションです。もし同一の名称があった場合も、
実在する人物・団体等とは一切関係ありません。

〈参考文献〉

『日経DIクイズ　BEST100』監修・笹嶋勝　日経BP
『日経DIクイズ19』日経BP
『大麻の社会学』山本奈生　青弓社
『世界大麻経済戦争』矢部武　集英社新書
『マトリ　厚労省麻薬取締官』瀬戸晴海　新潮新書
『双極性障害〔第2版〕』加藤忠史　ちくま新書
『これだけは知っておきたい双極性障害　躁・うつに早めに気づき再発を防ぐ！　ココロの健康シリーズ第2版』加藤忠史　翔泳社

宝島社
文庫

薬は毒ほど効かぬ　薬剤師・毒島花織の名推理
（くすりはどくほどきかぬ　やくざいし・ぶすじまかおりのめいすいり）

2022年12月20日　第1刷発行
2023年 7 月19日　第3刷発行

著 者　塔山 郁
発行人　蓮見清一
発行所　株式会社 宝島社
〒102-8388　東京都千代田区一番町25番地
電話：営業 03(3234)4621／編集 03(3239)0599
https://tkj.jp
印刷・製本　中央精版印刷株式会社

ISBN 978-4-299-03739-8